― 書き下ろし長編官能小説 ―

美母と美姉妹・誘惑の家

美野 晶

竹書房ラブロマン文庫

目次

この作品は、竹書房ラブロマン文庫のために
書き下ろされたものです。

第一章　熟れた肉悦と困惑の事実

朝、まだ少しぼんやりした頭で朝食をとりながら、リビングの窓のほうを見ると、庭の木につがいの鳥が止まっていた。

この辺りは住宅街だがまだ畑などもあり、自然も豊かだ。

庭もそこそこに広いので母の優花《ゆか》は花や野菜を育てている。家の大きさのほうは郊外のごく普通といったところだろうか。

「んっ」

身体を寄せ合う鳥の種類はなんだろうかとパンをかじりながら考えていると、視界を大きく上下に弾《はず》むものが通過していった。

白のタンクトップの中で、前に突き出した二つの固まりがユサユサと揺れていた。

「なに見てんのよ、朝からこの変態」

ガラスの向こうの静かな風景と創也《そうや》の間に仁王立ちし、姉の華《はな》が切れ長の鋭い瞳を向けてきた。

大学の工学部に通う三森《みつもり》創也よりも四歳年上の姉の華は、ショートパンツにタンクトップ姿で、白く長い脚と細い腕を露出《ろしゅつ》している。

髪をブラウンに染めていて、鼻が高くて唇も整った美人だが性格がとにかくきつく、弟へのあたりも強い。

「いや、そっちが勝手に俺の前を」

黙っていればモデル体型の巨乳美女。創也の友人たちは羨《うらや》むが、その本性を知らないからそんな気楽なことが言えるのだ。

「あ？　なんだって？　いつからそんなに生意気が言えるようになったんだよ」

両手を腰にあてたまま、華はテーブルに座る弟に凄《すご》んでくる。

「ごめん、でも見てないからほんとに……」

高校大学と空手部、しかも高校生のころには男の不良とまでけんかしていた華に、おとなしい性格の創也が逆らえるはずもない。

幼いころから二人の関係ははっきりとしていて、女親分と子分だ。

「なんだよ聞こえないような声で。男ならはっきりしなよ」

男勝《おとこまさ》りのいっぽうで頭もよく、いい大学を卒業して一流企業でＯＬをしている華は、見た目も成績も運動も普通すぎるくらいに普通の弟に、イライラするようだ。

言い合いすら勝ち目はないので、創也としては嵐が過ぎ去るのを待つしかない。

「いい加減にしなさい華ちゃん。創也くんは創也くんでちゃんとがんばってるでしょ」

見かねたようにキッチンから母の優花が出てきた。大きな瞳にふっくらとした頰《ほお》。とても二十代の子供がいるとは思えないくらいに若々しく美しい。

数年前に父親が亡くなったあとは、以前に勤めていた法律事務所から書類作成や業務処理の委託を受けて家を支えている。

姉と血の繫《つな》がりがあるのかと疑いたくなるくらいにおっとりとした性格だが、頭がかなりよく、法律関係の資格をいくつも持っているのだった。

「創也くんだって大学を卒業したら、立派なエンジニアとかになるんだから」

そして息子にはかなり甘く、あまり怒られた記憶もない。姉がきついからかもしれないが、いつもこうして全肯定してくれる。

「ねえ、創也くん」

Tシャツにエプロン姿でにっこりと微笑《ほほえ》む母は、息子の目から見てもほんとうに可愛らしい人だ。

これもよく友達から、うちの母ちゃんと交換してくれと言われている。

「はん、こいつがそんな立派な男になれるわけないじゃん」

文句を言いながらもなぜか創也の隣に座った華は、長い脚で創也の横腹をつついてきた。

「痛いって」

本人はふざけ半分のつもりだろうが、けっこう痛い。空手でも蹴り技が得意だったからか力強いのだ。

「お姉ちゃん、時間大丈夫なの」

そのとき、テーブルを挟んで向かいから、ぼそりと小さな声がした。

すでに外行きのブルーのワンピースに着替えているのは、次女の麻優《まゆ》だ。

麻優は今年から大学に進学した十九歳で、母によく似た大きな瞳の美少女だ。

活発なタイプではないが成績のほうが飛び抜けていて、国立の大学に上位の成績で合格し、すでに教授から将来は研究者にと期待をかけられているらしかった。

「あ、まずい、あんたのせいだよ」

時計を見た華は慌ててごはんを食べ始めた。創也が迷惑をかけた記憶はないが、文句など言えるはずもない。

「ごちそうさまでした」

先に食事を終えた麻優は、そんな兄を冷たい目で一瞥《いちべつ》して腰をあげた。

子供のときはお兄ちゃんと呼んでいつもうしろをついてきていたが、いまは呼びかたも兄さんになりほとんど会話もなかった。

そんな麻優のワンピースの胸元でも、巨乳が大きく弾《はず》んでいる。母も含《ふく》めて全員がかなりのバストの持ち主なのだ。

「俺もごちそうさま」

死んだ父は出張の多い仕事の人で、ほとんどこの四人での生活が長い。ただ最近は少し重苦しく感じることもある。

それは創也自身が奇妙な感情を抱くようになっているからだ。まだ怒っている感じの姉、少し心配そうに見ている母のほうをなるべく見ないようにして、自分の使った食器を片付け始めた。

「ただいまー」

工学部の学生生活は忙しい時期はそれこそ泊まり込みになるが、いまはそれほどではなく、午後の早い時間に講義も終わって自宅に戻ってきた。

「おかえり」

家の玄関を入ると、洗面所兼浴室のスペースから母の声がした。自宅仕事だから基本的に母の優花は家にいる。

洗濯機を回す音がしているから家事の途中なのだろう。

「ちょっと、杏菜《あんな》さんのところに納品に行ってくるね」

そのまま二階にある自室にあがろうとしたが、創也はその前に、姿の見えない母に向かって言った。

杏菜はこの近くに住んでいる、母の大学時代の後輩だ。三十代後半の女性で、おもにハンドメイドのペットグッズを自作し、ネットショップで販売している。

革製の首輪が主力商品で、創也はそれにつける金属製のアクセサリーを作る手伝いをしていた。手先だけは器用だし、大学で学んでいる知識も生かせた。

「えっ、また遅くなっちゃうの？」

洗濯機の音が響く中、母の声だけが玄関のところに聞こえてきた。少し心配そうだ。

「わからない。作業を手伝うこともあるから、あとで連絡《れんらく》入れるよ」

杏菜のところは自宅兼工房になっていて、そこでの作業を手伝うことも多い。

行ってみないとどのくらい仕事があるのかわからないし、多かったら夜遅くにまでなる場合もあるが、他のバイトと違ってシフトなどの縛りはないので、実験なども多い工学部の学生にとってはありがたかった。

「行ってみないとって、そんなの……大丈夫なの」

後輩の家とはいえ独身女性のところに遅くまで滞在する息子に、母の優花はあまりいい顔をしないことが多い。

姉の華などは、酔っ払って深夜帰宅をしてもなにも言われないのに、息子となると違うのだろうか。

「仕事だから仕方ないじゃん……うっ」

二階にあがろうとしていたので目線を階段のほうに向けていた創也だったが、母の声がやけに近いので顔を洗面所の入口に向けた。

するとそこに、風呂上がりの母が身体の前にタオルをあてただけで立っていた。

「でも夕ご飯くらい……」

悲しそうな顔をしている母は濡れ髪をアップにまとめて、バスタオルではなく普通のタオルで身体の前面を隠しているだけだ。

巨大な乳房はどうにか乳首を隠しているだけで、透き通るような白さの肉房が完全にはみ出し、ほどよくくびれたウエスト、むっちりとした腰回りも晒《さら》されている。

「な、なんでこんな時間に風呂に入ってんだよ」

半裸というよりはほとんど全裸といっていい姿の母に、創也は声をうわずらせる。

廊下の窓から差し込む陽の光に輝く濡れた白い身体は、熟《じゅく》した色香を放っていた。

「え、お庭をいじってたら、汗と泥で汚れちゃったから……。あ、床が濡れちゃってる」

母は自分の姿などあまり気にしていないようで、足元にお湯が滴《したた》って濡れているのを気にしている。

その濡れたという言葉に、創也はどきりとしてしまう。

「ちゃんと身体拭《ふ》いて服くらい着ろよ。とにかく杏菜さんちから連絡するから」

母は胸のところに腕をあててタオルを押さえているのだが、前屈みになると乳肉がこぼれそうになり、さらに陰毛までのぞきそうになっている。

(なんて身体してんだよ)

肉感的な母のボディは創也の心を惑わせる。乳房もIカップもある。中学生のころに干してあるブラジャーのラベルを見て気づいたときは目をひん剝《む》いた。

(なんで俺は母親にドキドキしてるんだ)

母の裸を見て冷静でいられない自分が創也は恐ろしい。血の繋がった親を自分は女として見ているというのか。

「と、とにかくあとで連絡入れるから」

「あ、創也くん」

タオルの下で巨乳を弾ませている母から懸命に目を逸《そ》らし、創也は二階に駆けあがった。


杏菜の作るペット用の首輪は、お客さんからリクエストされれば、ブローチのような小さな金属アクセサリーも取りつけられるのが人気だ。

ハート型やアルファベットもあり、中にはオリジナルのデザインをお願いしてくる顧客もいた。

「さすがね、いい仕上がり」

自宅の一室を工房にしている杏菜は、革製の犬の首輪に穴を開け、創也が持ってきた月と星のデザインの部品を取りつけていく。

彼女の作る商品というか作品はすべてハンドメイドで、この工房にはなめし革の生地や、布地のロールなどがたくさんある。

それらを杏菜は専用の裁断機やミシンで加工していくのだ。

「お客さんのリクエスト通り、ほら」

デザイナーをしているというお客さんからのイラストと、出来上がった首輪を並べて杏菜はにっこりと笑った。

三十代後半だというのはわかっているが、正確な年齢は教えてくれない杏菜は、小柄で手も小さい。

「よかったです」

首輪に固定されている金属部品は創也が作ったものだ。イラストからイメージして作成したが、うまく出来ていると自分でも自信を持っていた。

「ありがとうね。他のもありがと」

工房のイスに座ったまま身体をうしろに立つ創也に向けた杏菜は、創也の腕にそっと触れた。

母の優花も若く見えるとは思うが、杏菜はそれ以上で、服装《ふくそう》もパステルカラーのロングスカートやカットソーが多い。

丸顔で垂《た》れ目の大きな瞳をした彼女には、少女っぽい格好が似合っていた。

「これだけのものを作ってくれたんだから、工賃もたくさん出さないとね。それプラス」

オリジナルの難しいアクセサリーを、要望通りに作ってくれたと杏菜は喜び、白い歯を見せながら創也のベルトに手をかけてきた。

「えっ？　いやちょっと、杏菜さん」

仕事のとき以上に器用な動きを見せる杏菜の指が、創也のベルトをあっという間に緩《ゆる》めてズボンのファスナーも下げる。

パンツも引き下ろした杏菜は、車輪付きのイスごと前に出てきて、解放された肉棒を唇で包み込んできた。

「くう、杏菜さん、そんないきなり、くうう」

温かい舌が絡《から》みつきながら肉棒を吸いあげていく。シャワーすら浴びていないことに抵抗《ていこう》を覚えるが、ねっとりとした熟女のフェラチオに創也は声を漏《も》らすのみだ。

「んんん、んく、んんん、んん」

そのまま杏菜は、勢いよく肩までの黒髪を揺らして奉仕してくる。

彼女と男と女の関係になったのは数ヶ月前からで、母の紹介で製作を依頼されるようになってから、けっこうすぐだった。

『私みたいなおばさんじゃ……いや？』

暑いからとショートパンツにノースリーブ姿でそう言った美熟女に、若い創也はあっさりと屈した。

それが創也にとって初めての経験だった。なにしろ、いままで彼女がいたことがないのだ。

「んんん……ぷはっ、うふふ、大きいわね、いつも」

少女を思わせる二重《ふたえ》のくりくりとした瞳を妖しく輝かせて、杏菜は微笑んだ。

二人は交際をしているわけではない。とくに杏菜のほうは創也の人並み以上に大きな肉棒を求めている。

創也のモノは同世代の友達と比べても二回りは大きく、杏菜も最初に見たときは口をぽかんと開けて固まっていた。

「すごく固いし……」

うっとりとした甘い声を響かせたあと、杏菜はピンクの舌をねっとりとカリ首にまとわりつかせてくる。

男の敏感なエラをざらついた舌が擦《こす》り、快感が突き抜けていった。

「あうっ、杏菜さん」

下半身だけ裸で立つ身体を小さく震わせて、創也は声を漏らした。

肉欲だけで相手を求めているのは杏菜だけではない。創也もまた小柄で可愛らしい美熟女の淫《みだ》らさに魅入《みい》られている。

「うふふ、創也くんの好きなおっぱいでしてあげようか」

「は……はい……」

半開きになった濡れた唇を見下ろす創也に向けて、杏菜は意味ありげに言った。

断るという考えなど微塵《みじん》もなく、創也は二回も頷《うなず》いた。

「はい、大好きなGカップ」

ブラウスのボタンを外して脱いだ杏菜は、白のブラジャーを投げ捨てて、透き通る肌の豊乳を露出した。

小さい身体にはかなりアンバランスに膨《ふく》らんでいるGカップを持ちあげて、杏菜は創也の股間に反《そ》り返《かえ》る逸物《いちもつ》を包み込んでくる。

そのまま両手を大きく上下させてしごき始めた。

「くうう、はうっ、うう、気持ちいいです」

最初のためらいはどこへやら、艶《つや》やかな肌の柔肉の感触に創也は溺れていく。

「ふふ、創也くんの感じてる顔可愛いわ」

奉仕好きというか、杏菜は創也が気持ちよさそうにしているのが嬉しいようだ。

のってきた彼女はイスのうえから身を乗り出し、たわわな乳房を高速で上下させて怒張をしごき続ける。

「はうっ、くうう、たまりません」

白い柔肉がぐにゃりと歪《ゆが》み、色素の薄い乳首が亀頭に押しつけられて擦られる。

固いモノが裏筋を擦り、創也は直立している身体をビクッと引《ひ》き攣《つ》らせた。

「あ、やん、私も、あ、だめ」

乳首が怒張に擦れると快感が走るのか、杏菜も切なそうに喘《あえ》ぎだす。

巨乳の谷間で顔を見せている怒張も脈打ち、薄い白濁液《はくだくえき》が流れ出して彼女の肌を濡らしていた。

「くうう、ああ、気持ちいい、うう」

「あ、ああん、私も」

激しく乳房が上下する中、男と女の喘ぎ声が、材料やミシンが並んだ作業部屋に響き渡る。

仕事をする場所で淫らなまねをしているという思いも、また創也の興奮をかきたてた。

「杏菜さん、次は僕が」

鼻息を荒くして、創也はマシュマロのような柔乳の谷間から怒張を抜き取った。

ずっとこの快感に溺れていたいが、先にも進みたい。創也は彼女のスカートのホックを外す。

「あっ、やん」

ロングスカートを脱がし、その下から現れた白のパンティに指をかける。

乳房と同様に滑らかな肌をした肉感的な太腿《ふともも》を滑らせ、彼女を一糸まとわぬ姿にすると、両脚を大きく開かせる。

「あっ、だめ、こんな格好」

イスの両側には肘置きがついていて、そのうえに彼女の膝の裏を乗せる。

むっちりとした両脚がＭ字に開き杏菜のすべてが晒される。意外なほどしっかりと密生した陰毛とピンク色の秘裂、さらにはセピア色のアナルまで丸出しだ。

「でもすごく濡れてますよ、ここ」

恥じらって頬を赤く染めている杏菜だが、白い太腿の間にある女の裂け目はすでに大量の粘液にまみれ、膣口はぽっかりと開いている。

その上部にある突起もヒクヒクとうごめいていて、創也は舌をもっていって転がした。

「あっ、ひうっ、だめ、ああ、あああああん」

舌先が触れると同時に、杏菜は小柄な身体をのけぞらせて過敏な反応を見せる。M字の脚も引き攣り、膣口からさらなる愛液が溢《あふ》れ出した。

「んん、んんん」

彼女の強い反応に気をよくした創也は、さらに舌を大きく動かして突起を責めた。

「ああん、そんな風に、ああ、はあああん」

大きな瞳を妖しく蕩《とろ》けさせ、丸顔の頭をうしろに落としながら、香菜が淫らによがり泣いている。

全身からムンムンと色香が立ちのぼってきていて、創也も興奮を煽《あお》られた。

「も、もう入れますよ」

彼女の股間から顔をあげると、Tシャツを脱いで自分も全裸になった。

「う、うん……」

小さな声で頷いた香菜だが、こちらも欲しくてたまらないのかイスのうえの下半身をよじらせている。

創也はイスのレバーを操作して、濡れた股間をいちばんいい高さにもってきた。

「いきますよ」

膝掛けのうえの滑らかな膝を両手で押さえ、創也は肉棒を押し出していく。

もうヨダレを垂れ流している状態の膣口に、硬化した巨大な亀頭が入っていった。

「あっ、はあああん、これ、あああ、あああ」

小柄な女体に巨大な怒張が沈んでいく。少し痛々しいようにも見える光景だが、それを打ち消すくらいに杏菜は乱れきった表情を見せる。

「あっ、もう奥に、あ、あああああ」

感じるあまり閉じていた瞳を薄く開けて、杏菜は結合部のほうを見て言った。

確かに亀頭は膣奥に届いている感触はあるが、まだ肉棒は根元まで入っていない。

「もっといきますよ、それ」

最後は勢いをつけて創也は腰を強く突き出した。イスのうえでM字に開かれた杏菜の股間に怒張が完全に沈んだ。

「あっ、あああああ、すごい、あああん、深いい」

絶叫とともに杏菜は巨乳を揺らしてのけぞる。彼女の反応が強すぎてGカップの柔乳が大きく波を打って弾んだ。

「あっ、あああ、はあああん、すごい、あああ」

快感に歪《ゆが》む愛らしい顔立ちの熟女を見つめながら、創也はさらにピストンのリズムをあげていく。

濡れた媚肉《びにく》はかなりの熱を持っていて、それが亀頭に絡みついてくるのがたまらなかった。

「ああっ、はあああん、奥、ああ、いい、あああん、奥に」

もう唇も開きっぱなしで、瞳も虚《うつ》ろになっている杏菜は、イスのうえに乗せた身体をよじらせて息を詰まらせている。

乳輪がぷっくりとした乳首も尖りきり、波打つ巨乳には汗さえ浮かんでいた。

「奥がどうなんですか？」

杏菜がしきりに奥と口にするので、創也は気になった。痛みを感じているようにはさすがに見えないが。

「ああっ、身体が、ああん、動かないから、ああ、奥に深くきてるのよう、ああ」

ピストンは変わらず続いているので、杏菜は激しく喘ぎながら声を振り絞った。

どうやらイスの背もたれがあるおかげで彼女の身体が逃げないので、よりダイレクトに亀頭が膣奥を捉えているようだ。

「こうですか」

創也はイスごと抱きしめるようにして引き寄せながら、そのうえでM字開脚の下半身に向けて怒張を強く突き出した。

蕩けている膣奥にある子宮口ごと、さらに奥へと巨大な肉棒が押し込まれた。

「あああっ、ひあああああん、これだめ、あああ、はあああ」

背もたれに預けた上体を弓なりにして、杏菜は絶叫した。唇が大きく開き、視線も宙をさまよっている。

白く肉感的な身体も小刻みに震え、とんでもない快感に彼女が溺れているのがわかった。

「ううっ、僕もこれすごく気持ちいいです」

快感が昂《たか》ぶりきった熟女の膣肉が一気に狭くなり、肉棒全体を包むように締めあげてきた。

腰が震えるような痺《しび》れに息を詰まらせながら、創也は懸命に怒張を振りたてる。

「あああ、ああああん、いい、あああ、すごいわ、ああ、胸の下まできてる」

少々激しすぎるかと思うようなピストンだが、杏菜はすべて受けとめて快感に変えている。

小柄な身体の奥に向かって巨根が突きあげられ、イスがギシギシと音を立てた。

「あああ、はあああん、いい、ああ、たまらないわ、ああ、もうだめ、あああ」

切羽詰まったような声をあげて杏菜はさらにのけぞった。垂れ目の瞳を潤《うる》ませて切ない顔で創也を見つめてくる。

それは、のぼりつめてもいいかと男の許可を求める牝《めす》の瞳だった。

「イッてください杏菜さん、僕ももうすぐ」

限界に近いのは創也も同じだった。絡みつく女肉に亀頭のエラを擦りつけるように
しながら力の限りに腰を振りたてた。

「あああ、もうだめ、あああ、イク、イクわ、あああ」

大きく開かれた白い太腿の肉が引き攣り、Gカップの柔乳がイスに預けた身体のう
えで踊り狂う。

虚ろな表情で唇を大きく開いた美熟女は、絶叫と共に頭をうしろに落とした。

「イクうううううっ！」

ガクンガクンとピンクに染まった身体を痙攣《けいれん》させ、杏菜は最後の叫びをあげた。

若々しく愛らしい顔を淫靡《いんび》に歪め、悦楽《えつらく》に浸《ひた》りきって喉《のど》まで波打たせていた。

「くう、僕もイキます」

達する寸前に、創也は慌てて杏菜の膣内から肉棒を引き抜いた。

彼女は避妊薬を飲んでいるからと言うことも多く、膣内で達する場合もあるが、今
日はなにも確認していなかったので外にと思った。

「あ、中でもいいのに、あっ、おっぱいに、あ、あああ」

エクスタシーの発作にお腹を震わせながらも、杏菜は創也に気を遣《つか》って自らその巨乳を中央に寄せた。

「あっ、ありがとうございます。くっ、うう、もう出る」

彼女の気持ちに感謝しながら創也は腰をあげ、Gカップの柔乳の谷間に怒張を押し込んだ。

そして二度三度と腰を振りたてた。

「くうう、イクッ」

吸いつくような熟女の乳房の肌の甘い感触に溺れながら、創也は息を詰まらせた。

怒張がビクビクと脈打ち、熱い精が放たれる。

「きゃっ」

射精したタイミングで腰を突き出したので、亀頭が乳房の上側に出た状態で発射されてしまった。

白い粘液が飛び出し、杏菜の顔面に勢いよくぶつかっていく。

「す、すいません、あっ、くうう」

まずい、と思うがいったん始まった射精はもう止まらない。白濁液が断続的に飛び出していき、彼女の頬や鼻までも汚す。

可愛らしい顔が一瞬で精子まみれになる様子に、創也はいけないと思いながらも異常なくらいに興奮していた。

「くうう、はうっ、ううううっ」

アダルトビデオで顔射を見たことはあるが、もちろん自ら行うのは初めてだ。ただなんというか、女性の顔を汚すことに驚くほど心がかきたてられ、何度も精を放った。

(はっ、やばい、俺なんてまねを)

射精が収まると、男の頭は一気に醒《さ》めていく。目の前で首から額にいたるまでを白く染めた杏菜を見て、創也は真っ青になった。

女性の顔に自分の精子をぶちまけるなど、許されない行為だ。

「すいません、ほんとに」

何度も謝りながら、創也は近くにあったティッシュペーパーを取って彼女の顔を拭《ぬぐ》おうとした。

「あ……いいのよ、創也くんのだと思うと、いやじゃないわ……」

まだ絶頂の余韻に浸っている様子の杏菜は、肘掛けに脚を乗せた身体を背もたれに預けたまま、切ない声で言った。

そしてなんとピンクの舌を出して、唇の周りにある精液を舐《な》めとってしまった。

「杏菜さん」

その瞬間の彼女の蕩けたような顔がなんとも淫靡で、創也は背中をゾクゾクと震わせた。

「えっ」

射精したばかりだというのにまた肉棒が勃起《ぼっき》しそうになったとき、そばに置いていた自分の携帯が振動したことに気がついた。

『緊急事態だ。すぐに帰って来い』

画面には姉の華の名前と共に、そうメッセージが表示されていた。

慌てて創也は自転車を飛ばして自宅に戻ってきた。玄関を入ると見慣れない男物と女物の革靴が並んでいた。

「誰が来てるんだ？」

来客であることはすぐにわかったが、これが緊急事態という意味なのか。

そもそも華からそんな風に呼びだされたことはないので、よほどなにかあったのかもしれない。

ヘタレな性格ではあるが、この家に男は自分だけなので、しっかりしないといけないという思いもあった。

「ごめん、お待たせ……」

リビングに入ると、いつも使っているソファーに中年の夫婦らしき二人が座っていた。

その夫婦に見覚えはない。ソファーの対面にはイスを持ってきて女三人が座っている。華と麻優は顔が引き攣り、母の優花は真っ青になっていた。

「君が創也くんだね」

こちらに背を向けて座っていた夫婦が立ちあがって振り返った。

顔を見て思い出そうとしても記憶にない。そしてこの二人も緊張感のある表情をしていた。

「は、はい、そうですが」

知らないうちに自分がなにかやらかしていたのか。いやそんなはずはないと、いろいろなことが頭を駆け巡る。

一気に自分も緊張しながら、創也は頭を下げた。

「……生まれたときに取り違え？」

母にとなりに座れと言われ、夫婦と向かい合う位置でソファーに腰を下ろした創也は、夫のほうからの話に呆然となった。

夫婦には創也と同い年の息子がいるそうだが、彼がサッカーの才能を認められ、ドイツのプロチームにテスト生として招聘《しょうへい》された事が、取り違えに気づくきっかけになったらしい。

その際にメディカルチェックを受けたところ、彼がずっと血液型を勘違いしていたというのがわかったというのだ。

その息子のほんとうの血液型はAB型だったらしい。なのになぜかずっとO型だと思い込んでいて、入院などの経験もない子だったので、そのままきたというのだ。

「妻はO型です。これも再度検査したので間違いない。ご存じかと思うがO型の人間からAB型の子供は生まれないんです」

中年といっても母の優花よりもかなり年上に見える夫が、自分もO型だと続けた。

これは創也も学校で習ったので知っている。O型女性から生まれる子供は男のほうがどの血液型であっても、O、A、Bのどれかだ。絶対にAB型の子供が生まれることはない。しかも夫もO型なら、子供の血液型はO型にしかならないはずである。

そして創也はO型だ。

「自分たちの記憶をたどってみても、子供が入れ替わったとすれば、生まれたときの産婦人科しか思いつかないのです」

顔を蒼白くして下を向いている母の優花を気遣うように見つめながら、夫のほうが言った。

「そんな……あのときになんて……おかしいところはなにも」

気の強いほうではない母はもう目も虚《うつ》ろな感じだ。それはそうだろう、二十年以上育ててきた息子が他人かもしれないのだ。

「産婦人科にお願いして記録を調べてもらったところ、同時期に生まれた男の子はうちの息子と創也くんの二人だけだったのです」

母もそれは記憶があると言った。他は女の子が七、八人もいたのでよく覚えているらしかった。

「ええっ、でもいきなり、ええっ」

血液型が合う合わないと言われても、すぐに受け入れられるわけはない。

創也もただ夫婦や母を交互に見るばかりだ。

「でも確かにこの子、お母さんに似てる……」

夫婦のスマホがソファーの前のテーブルに置かれていて、サッカーのユニフォームを着て微笑む少年の画像が映し出されている。それを見て華がつぶやいた。

確かに母に似ている。同時に母似の麻優とはそっくりと言ってもいい顔立ちだった。

「ああ……」

母も画面を見てそれを感じ取っていたのだろう、ついに耐えきれないように顔を両手で覆《おお》い隠した。

姉妹もかける言葉がないのか、ただじっと黙って下を向いていた。

「もちろんだけど成人している君に、今さらうちの子になれとか言うつもりはない。だけど真実が知りたいんだ。遺伝子検査を受けて欲しい」

もちろん創也もパニックになるばかりで、なにも言葉が出ない。

そんな状況の中で、夫の男性は静かに言った。遺伝子検査を受けたらすべてがはっきりするだろうと。

創也はその検査を受けた経験はないが、どんなものかは知っている。ＤＮＡを専門機関で調べてもらえば、血縁関係があるかどうか九十九パーセント以上の確率で断定出来るそうだ。

「は、はい……わかりました」

いくら怖くても真実を知らなければならないと思うのは創也も同じだ。

初めて少し自分に似ている感じのする男性の目を見てうなずいた。


頬の裏側の粘膜を綿棒で採取して検査に出し、そこから数週間はなんとも言えない時間だった。

母とも、あれだけ創也に絡んできていた華とも会話がなくなり、家に居づらくなってわざと実験室に泊まり込んだり、杏菜の家で世話になったりしていた。

「そりゃ、いちばん辛いのは創也くんかもしれないけど、優花さんもあっちの奥さんも、たまらないでしょうね」

杏菜の家に行くと当然ながら仕事を手伝うので、同じ部屋で互いの作業台に向かっていると、彼女がぼそりと言った。

自分は子供を産んだ経験はないが、激痛に耐えて産んで、苦しいときもずっと育ててきた息子がある日いきなり他人だと言われても、受け入れられるはずがないと。

「でもさ、家族って血の繋がりだけじゃないでしょ」

再婚した義理の親子でも仲のいい人たちもいれば、血が繋がっていても互いに本気で憎みあっている親子もいる。人と人とはそういうものだと杏菜は励ましてくれた。見た目は二十代のようだが、やはり歳を重ねただけあって言葉も胸に響いた。

「そうですね。ずっと親子で姉弟ですから」

かまいたがりの母に、文句を言いながらもいつも自分を気にかけてくれる姉の華。長年の築いてきた家族愛が、いま突然消えてなくなるわけでもないのだ。

（でも……俺が母さんや姉さんたちに女を感じていたのは、血の繋がりがないからなのか）

同時に創也は、自分が半裸姿の母たちを見てドキドキしたり、ときに肉棒に血が集まる感覚を覚えていたのは、本能で相手を身内ではなく他人だと認識していたのだろうか、と思った。

血縁がないと知ってから、ずっとその考えが頭を離れなかった。

（こんなときにいないなんて……父さん……）

交通事故で亡くなった父がいてくれたら、どれだけ頼りになっただろうか。

そういえば父も空手の有段者で運動神経は抜群だった。姉の華も父の影響で空手を始めたのだ。

「創也くん、それ以上削ると机に穴が開いちゃうよ」

首輪につける金属のアクセサリーを、小型のグラインダーで削って仕上げている最中に声をかけられ、創也はハッとして作業の手を止めた。心ここにあらずのまま作業していたので、削りすぎて下まで穴が空いていた。

「すいません、材料無駄にしちゃいました」

慌てて創也は頭を下げる。

「いいんだよ。でもケガだけは気をつけてね」

杏菜はイスに座った創也に歩み寄ると、そっと抱きしめてくれた。


遺伝子検査の結果は、厳正を期するために向こうが雇った弁護士が受け取り、開封しないまま三森家に持参することになった。

これは法務の仕事をする母も賛成で、第三者が入っていったほうがよけいな詮索《せんさく》や疑念を抱かなくてすむと言っていた。

「こんにちは」

弁護士をともなって再び現れた夫婦に頭を下げながら、創也はやはり顔のパーツを比べたら夫婦ともに自分と同じ部分があると思った。

夫婦の夫は大村誠吾《おおむらせいご》という。大村家といえば創也たちの住む市内では知らない者がいないというほどの旧家で、過去には市長や国会議員も出している。

いまも会社だけでなく病院なども経営している資産家で、誠吾はそこの現当主にあたるらしかった。

「ではここで開けさせてもらいます」

三森家のリビングは一気に緊張に包まれる。母の優花はもちろん、華も麻優も全員が立ち会っていた。

テーブルに置かれたいくつかの封筒。創也の遺伝子に対し、母、誠吾、そして彼の妻の幸恵《ゆきえ》の親子関係が検査されたのだ。

「このような結果です」

並んだ書類を見て全員がなにも言葉を発しなかった。創也と誠吾、幸恵は親子関係があると証明され、優花とは九十九パーセント親子ではないと書かれていた。

「ああ……」

ある程度予測していた結果だったとはいえ、創也は背中に稲妻が走ったような思いだった。

それは優花も同じだったのだろう。一気に顔が土色になりイスから崩れ落ちそうになった。

「お母さん」

そんな母を隣にいた麻優が慌てて支えた。この妹とも血縁が完全に否定されたということだ。

「麻優、寝室に」

固まっている創也の隣で華が麻優にそう言った。麻優は頷いて母の肩を抱いて立ちあがらせてリビングを出ていく。

「申しわけございません。母もあんな状態ですので、今日のところは」

こちらもソファーに座ったままの大村夫婦に華が丁寧に頭を下げた。

さすが長女というか、普段はガラの悪いヤンキー風でも、こういうときはきちんとしている。

「もちろんです。奥様にはお大事にと、そして我々は事実を知りたかっただけで、創也くんを無理矢理に連れて行こうなどとは考えておりませんと、お伝えください」

誠吾もすぐに立ちあがり、華と創也に頭を下げた。重厚な優しさを感じる。

「ありがとうございます」

創也も慌てて頭を下げ返すが、一度知ってしまった以上、完全に元には戻れないように思う。

姉の華とも赤の他人となってしまったのだ。

「では失礼致します」

遥か年下の若者二人にも丁寧な態度のまま、玄関に向かった夫婦を華と創也で外の道まで見送りに出た。

そこにすっと黒塗《くろぬ》りの運転手付きのリムジンが止まった。

「あ、創也くん」

運転手がドアを開けた後部座席に当たり前のように乗り込もうとした誠吾が、こちらを振り返った。

「私たちは君になにひとつ強制するつもりはないよ。だけどなにか相談事でもあれば、必ず力になるから頼って欲しい」

それだけ言い残して誠吾は車に乗り込んだ。リムジンは小さなエンジン音だけをたてて走り去っていった。

「ふうっ」

車が見えなくなると、華が腰に手を置いてため息を吐《つ》いた。そしてあまり創也のほうを見ないまま玄関に入っていく。

「母さん大丈夫かな」

寝室に行った母の様子が心配で、創也は玄関を上がると同時に階段のほうを見あげた。

「あんたどうせ向こうの家に行くんだから、気にしなくてもいいじゃん。お金持ちの息子になれたら、学費のこととかで私に嫌み言われなくてすむしね」

少し茶色が入った長い髪の頭を創也に向けて、華は吐き捨てるように言った。

ただその顔はどこか泣きだしそうな風に見えた。

「なっ、誰もそんなこと言ってないだろ」

華も妹の麻優も大学は学費の安い国立大学に進んでいる。

いっぽうで創也は私立の理系の大学なので、費用などはかなりかかる。母は父の遺産もあるからと、たまにその件で弟を小馬鹿にする華を諭《さと》していたが、そもそも創也にはその遺《のこ》してくれたお金を受け取る権利もないのだ。

「まあ、最終的にはそうなるよ、あんたは」

少し濡れているように見える切れ長の瞳をむこうに向けて、華は長い脚で階段を駆けあがっていってしまう。

創也はただ、その後ろ姿を呆然と見つめるのみだった。

「そう、じゃあうちに好きなだけいていいよ」

ただでさえ居づらいと思った自宅なのに、姉の華の発言でもういられなくなった。大学の寮に入ることも考えたが、そんなのもすぐには無理なので、行くところといえば杏菜の家しかない。

「どうしても俺に出ていって欲しいんだな、姉さんは」

夕飯をご馳走になり風呂までお世話になっても、まだ創也の感情は落ち着かない。もちろん血の繋がりがないとわかったのは今日だから、冷静でいられないのは当たり前なのだが、それに華の態度が拍車をかけていた。

いくら創也のことが嫌いでも、そこまで言わなくてもいいのにと思うのだ。

「華ちゃんがね……うーん、そうかな」

母の後輩で華や麻優とも面識のある杏菜は首をひねった。そんな彼女はお風呂上がりにロングのTシャツのみを着たラフな格好で、剝き出しの白い脚が艶《なま》めかしい。

「えっ？」

珍しく創也の言葉に同意してくれない杏菜に、彼女の寝室のベッドに座ったまま頭をあげた。

たまにここに泊まるときはいつも一緒に眠る。というか、杏菜が別々の床につくことなど許してくれないのだ。

「まあそれはいいとして、優花さんには連絡したの？　絶対、心配してるよ」

洗った黒髪をタオルで拭きながら、杏菜はなにかごまかすような感じで言った。

「は、はい、杏菜さんのところに泊まるってメールしました」

実は、いままでここに泊まるときは友達の家にと嘘をついていた。もちろん母も察してはいたのかもしれないが、心配されたりするのがいやでそうしていた。

ただ、いまの創也は半ばやけくそというか、バレてもいいと思って真実を送った。

そこから数時間は経つが、母からの返信はなかった。

「そっか、じゃあ優花さんも安心してるかな、あ、それともよけいに心配してるかもね、私と創也くんがエッチなことしてるんじゃないかって」

ベッドの前には鏡台があり、そこで髪を乾かしながら杏菜がケラケラと笑った。

母は息子の創也に対して過剰に心配性のところがあり、なにかとうるさい。でもそんな関係も今日で終わったのだが。

「よく私に、仕事のとき創也くんとは仲いいの？　あくまでお仕事だけよね、とか、いろいろ聞いてくるんだよ。あれは絶対に疑ってるよねえ」

こちらを振り返って杏菜は白い歯を見せた。ことが発覚したあとも、彼女は創也と自分の関係には影響はないと態度を変えない。それは気持ちの面でもありがたかった。

「まあ疑われるようなこと、たくさんしちゃってるんだけどね」

ドライヤーを置いて杏菜は鏡台の前から立ちあがると、ベッドに座っている創也に軽くキスをした。

母はそんなに息子のことを気にしているか。飛び出すような形になって申し訳ないけれど、いまは母となにを話していいのかもわからない。

「あっ、そうだ、ちょっと待ってて。そこから動かないこと。いいわね」

キスのあと、なにか意味ありげな笑みを浮かべた杏菜は、バタバタと寝室を駆けだしていった。

彼女の家は一戸建てで一階はリビング、キッチン、作業用の部屋という構造だ。階段を下りる音がしたので作業場に行ったのだろうか。

「なんだろう」

そこから三十分は音沙汰がない。さすがにのぞきに行こうかと思ったとき、廊下を早足で歩いてくる音が響いた。

「じゃーん、お待たせ」

「うおっ」

勢いよく寝室のドアが開き笑顔の杏菜が現れた。彼女の姿を見た瞬間、創也はうしろにひっくり返りそうになった。

「な、な、それ」

驚いているわけは杏菜が身につけているものだ。下着などは一切ない全裸の白い身体に、黒い革ベルトが繋がったボンデージ衣装《いしょう》が食い込んでいたのだ。

首輪から繋がる革ベルトが胸のところで三角を描き、ただでさえ大きいGカップの乳房が絞り出されて迫力のある姿を見せつけていた。

「えへへ、いいでしょ。自家製だよ」

杏菜は少し恥ずかしそうに頬をピンクに染めているが、両手をうしろで組んでいて身体を隠そうとはしない。

さらにそのまま前に歩み出てきて、ベッドの縁《ふち》に腰掛けている創也の前に立った。

「うっ、うしろは……」

さっきまで死にたいくらいの心境だったというのに、創也は鼻息を荒くして小柄な美熟女を見つめた。

ムチムチとした腰回りにも何本も黒いベルトが食い込んでいて、股間を隠している菱形の革パーツに繋がっていた。

「はい」

杏菜はくるりと背中を創也のほうに向けた。うしろにも何本かベルトがあり、腰から股間に向けてTバック風に一本食い込み、豊満なヒップをより強調していた。

「ここも凝ってるのよ」

そして再度、創也に身体の前面を向け、杏菜は左脚だけをベッドにあげて自分の股間を指差した。

片脚立ちの下半身の真ん中にある菱形の革にはスリットが入っている。

「これって」

導かれるように創也は指をそのスリットに入れた。中に指が入るともうひとつの、女の裂け目に触れた。

「あん、あっ」

そこはすでにかなり熱を持っていて、指先が触れただけで杏菜は艶めかしい声を寝室に響かせた。

片脚立ちの身体が少し震え、ベルトにくびりだされている巨乳がブルンと波打った。

「もう濡れてます」

彼女の膣肉はすでにドロドロの感じで、創也は指をさらに挿入し前後に動かした。

クチュクチュと淫らな音が革のスリットの向こうから聞こえてきた。

「ああん、だって、ああ、エッチな格好に着替えようとしたら、ああ、興奮してきちゃって、あっ、奥は、あああん」

甘いくらいに優しい彼女が着替えながら肉体を燃やしている姿を想像すると、さらに燃える。創也は息を弾ませて、二本にした指を最奥に押し込んでいった。

すぐに子宮口に指先が届き、そこをくすぐるように刺激すると、杏菜は一気に声を大きくした。

「あっ、だめ、あああん、もうっ、ああ、創也くん、私の弱いところ全部知ってる」

彼女の導きで童貞を捨てた創也だが、最近ではこちらが主導権を握ることが多い。

幼げな顔を歪めて悶える美熟女をもっと狂わせたいという思いのまま、創也は立ちあがった。

「僕もいいですか」

興奮している美熟女の媚肉はもうドロドロの状態で、指にまとわりついた愛液は湯気をたてているように見える。

そんな杏菜の黒い革具が食い込んだ身体を、こんどはベッドに座らせ、創也は自分の服を脱いだ。

「あん、創也くんの、もうこんなに……」

腰掛けた彼女の前に突き出された肉棒はすでにギンギンに昂ぶっていた。

こちらは愛撫など必要ないと思えるくらいに、カリ首もきつく張り出していた。

「杏菜さんがエッチすぎるんですよ、くうう」

革ベルトに絞られていびつに形を変えている白いGカップを見ているだけでも、若い肉棒は昂ぶってしまう。

そんな創也を笑顔で見あげながら、杏菜は小さめの唇を肉棒に這《は》わせてきた。

「くうう、う、気持ちいいです、杏菜さん」

唇を裏筋の辺りに押しつけて強く吸ってくる。これをやられると腰が震えるくらいに気持ちよかった。

「んんん、んく、んんんんん」

間髪《かんはつ》入れずに口内に亀頭が飲み込まれていく。唾液《だえき》にまみれた舌や頬の裏側がねっとりと絡みついてくる。

男の性感帯のいくつもに密着しながら、激しくしごきあげを始める。

「ううう、くううう、すごくいいです、ううう」

甘い音を立てながら小さめの杏菜の頭が豪快に動く。唇が大きく歪んでなんとも淫靡な光景で、創也はさらに興奮を深める。

「んん、んく、んんんんん」

大きな瞳を少し潤ませながら、杏菜の動きも熱を帯びてきた。

舌のざらついた部分が裏筋を擦るたまらない快感に、創也は腰を震わせる。

「ううう、杏菜さん、もう出てしまいます」

夢中になっている様子の杏菜のしゃぶりあげが激しすぎて、創也は危うく射精しそうになった。

「んん……あん……そのまま出してもよかったのに」

彼女の頭を押さえて舐めるのをやめさせると、切ない顔で創也を見あげてくる。

その目つきがなんとも色っぽいうえに、絞られた巨乳が乳頭とともにフルフルと揺れる姿が男の欲望をかきたてた。

「そんなの、もったいないですよ」

創也は彼女の肩を押して、黒い革ベルトの身体をベッドに押し倒した。

そして美しい巨乳を両手で揉《も》みしだきながら、自分の身体もかぶせていく。

「ああ……今日はお薬もあるから私の中にきて……」

一気に発情を深めた顔を見せながら、杏菜は乱れた呼吸のまま訴えてきた。

あとから飲んでいる避妊薬があるという意味で、今日はなんの躊躇《ちゅうちょ》もなく彼女の膣内で果ててもかまわない、ということだ。

「はい、いきますよ」

ムチムチとした白い脚を持ちあげた創也は、肉棒を一気に前に押し出した。

まずは正常位で挿入が始まる。

「あっ、あああああん、これ、あああああ、すごく固い、あ、あああ」

もう二人ともに我慢の限界という感じで、互いの肉を貪《むさぼ》る。創也は取り憑《つ》かれたように目を輝かせながら、一息に怒張を最奥にまで押し込んだ。

「あっ、はあああん、ああ、来た、あああ、あああん」

亀頭部が最奥に達すると、杏菜も一気に目を蕩けさせて喘ぎ声を響かせる。

自分を見下ろしている創也の腕を懸命に摑《つか》んで、だらしなく開いた肉感的な両脚を震わせた。

「うう、杏菜さん、僕、止まれません」

感情の高ぶるままに創也はピストンを激しくしていく。黒い革バンドが食い込んだ白い身体に興奮しているのか、それとも他の感情のせいなのか、自分でもわからない。

「あああ、突いて、あああ、そう、あああ、すごい、あああん、あああ」

血管が浮かんだ怒張がぱっくりと開いたピンクの媚肉を出入りする。

愛液が掻《か》き出されてシーツに染みを作るほどの激しい責めたても、杏菜はしっかりと受けとめて快感に溺れていた。

「ああ、はあああん、いい、あああ、創也くん、あああ」

創也の腕を摑んでいる彼女の手にさらに力が入った。創也はそのまま、ほどよく引き締まった杏菜の腰を抱き寄せて持ちあげる。

軽々と宙に浮かんだ彼女を抱いたまま、自分はベッドに尻もちをついて座った。

「あああっ、ひいん、もっと奥に、あああ、あああ」

杏菜の熟した桃尻が座る創也の膝に乗り、体位が対面座位に変化した。

結合部の密着度があがり怒張がさらに深く食い込んで、白い身体が大きく弓なりになった。

「くうう、杏菜さんも締めつけてます」

杏菜の膣奥はやけに狭い感じで、亀頭全体にぬめった粘膜がまとわりつく。

その感覚は極上で、創也は顔を歪めて下から怒張を突きあげた。

「あっ、あああああ、私も、あああ、奥までいっぱいよう、あああ」

革ベルトにくびりだされたGカップを踊らせながら、杏菜は突かれるがままによがり泣いている。

もう手にも脚にも力が入らないのか、ユラユラと空中で所在なげに揺れていた。

「ああっ、あああ、私、あああ、おかしくなってる、あああん」

蕩けきった瞳で正面の創也を見つめながら、杏菜は懸命に声を振り絞るようにして訴えてきた。

半開きの唇の間からピンクの舌と白い歯がのぞき、中で唾液が糸を引いていた。

「もっとおかしくなってください、おおおお」

全身で歓喜を表している美熟女の色香に、創也も頭の芯まで熱くなる。

力を込め、ベッドのバネの反動も利用して怒張を突きあげた。

「あああっ、あああああん、すごいいい、あああ、イク、杏菜、もうイッちゃう」

感極まった杏菜は自分の名を叫びながらのけぞった。尖りきった色素の薄い乳頭とともに肉房が波を打って踊る。

「イッてください、僕も」

豊満なヒップを両手で鷲づかみにして彼女の身体を固定し、創也は力の限りに肉棒を突きあげた。

蕩けた媚肉が亀頭に絡みついて絞りあげ、肉茎の根元が脈打った。

「はあああん、来て、あああっ、一緒に、あああぁ、もうイク、イクぅぅぅ」

創也の肩を強く摑み、跨がった下半身を突き出しながら、杏菜は革バンドが食い込んだ身体を震わせる。

少し前屈みになっている上半身がブルブルと震え、それが乳房にまで伝わって白い肌が波打っていた。

「僕もイク、くうううう」

彼女の絶頂と同時に収縮した膣肉の奥に向かって、創也は熱い精を放った。

異常に興奮していたせいか、かなりの勢いで精液が飛び出していった。

「ああっ、ああ、来てるわ、あああ、ああ、すごいっ、ああん！」

最後の一突き、奥の奥を目指して亀頭が食い込む。部屋中に響く絶叫をあげた杏菜は、射精のたびに身を震わせている。

小柄な身体がビクビクと痙攣を起こし、瞳は虚ろに宙をさまよっていた。

「僕も、うう、まだ出ます、ううう」

止まらない射精に創也もまた意識を怪しくしながら、熱い精を何度も発射した。

第二章　姉の誘惑

実際のところ悩みが解決したわけではないが、杏菜と身も心も痺れるような情を交わしたあとはなんとなく心が軽くなった。

だから大学にも休まずに通っている。もともと出席や実験への参加も厳しい学部なのでサボったりは出来ないのもあった。

母の優花とは少しは連絡を取り合っている。体調などは心配されるが、杏菜との関係などは以前のように心配はしてこない。

血の繋がりがないとわかり、息子のことはあまり気にかからなくなったのだろうか。

「誰もいないよな、いまの時間なら」

もともと仲がよくない華と麻優からは当然ながら連絡などない。

そんな状態なので、彼女たちの誰とも正直、顔をあわせたくないが、大学に必要な資料や杏菜の仕事をする際の道具をどうしても取りに戻らなくてはならなくなった。

（よし、靴もない……）

今日は母が週に一度、仕事を請《う》け負っている法律事務所に打ち合わせにいく日だ。平日の昼間なのでもちろん華も麻優もいないはずだ。それでも創也はそっとドアを開いて玄関に入った。

（なんだか人様の家に侵入しているような）

一応まだ自分の家であるはずなのに、創也はなんだか泥棒になったような気持ちだった。

血の繋がりがないというのは、こういう気持ちにまでなってしまうものなのだろうか。

「とりあえず、これとあれと」

誰もいないとわかっていても音を立てずに階段をのぼり、自分の部屋に入った。すぐに必要なものをカバンに詰め込んで、暮らし馴れた部屋をあとにする。

「誰だ」

二階から下に向かおうとした廊下で、背後から大声がした。

「姉さん、なんでいるの？」

うしろを振り返ると、Tシャツにショートパンツ姿の華が仁王立ちしていた。

「今日は代休だよ、それよりお前はなにコソコソしてんだ。泥棒かと思うだろうが」

いつも部屋着はこんな感じの華の手には、会社の付き合いでやっているというゴルフクラブが握られている。

本物の泥棒だったら、これでなにをするつもりだったのだろうか。創也は背筋が寒くなった。

「も、もう出ていくから」

ヤンキーだった高校時代の華の目に戻っているように見えて、創也はとにかくこの場から逃げようとする。

階段を慌てて降りようとすると、襟首をうしろから掴まれた。

「ちょっとこい」

「うわ、なんだよ」

「いいからこい」

いちおう言葉では抵抗してみるが、これ以上逆らうとなにをされるのかわからない。

創也は仕方なしに華に引っ張られていった。

（え……これまだ持ってたのか）

連れて行かれた場所は華の自室だ。彼女らしいというか、女性っぽいインテリアの類《たぐ》いはほとんどない。

代わりにダンベルやさっきのゴルフ用具などが鎮座しているのだが、その中にある棚のひとつに小さな置物が三つ置かれていた。

（もう何年前だ）

創也が小学生のころの図工の授業で作り、三年連続で市の賞をとった、動物を模した置物たちだ。

いま見るとつたない造形だが、紙粘土製で色もちゃんと塗ってある。華にプレゼントした覚えはあるが、それをずっと飾っていてくれたのか。

なにしろ華の部屋に入るのは何年ぶりかで、前のときに置物があったのかすらも覚えていなかった。

「人の部屋をジロジロ見てんじゃねえよ」

創也が床に座り、華は向かい合ってベッドに腰掛けている。別に説教を受けているわけではないが、第三者が見たらそうとしか見えないだろう。

「で、これからどうするのか決めたのか？」

華はベッドに片膝を立てて座っている。ショートパンツで白い太腿が完全に露出しているうえに、この体勢だと裾から下着がのぞけそうだ。

そして血縁がないと意識すると、前よりもその部分が気になった。

「なんとか言えよ。母さんだってずっと落ち込んでるんだよ」

黙り込む弟に、華はきつい口調で言い放った。

「え、母さんが」

メールなどで最低限だがやりとりはしている。いつも素っ気ないが返事はしてくれているので、落ち込んでいるとは意外だった。

「庭をいじる気持ちもないくらいにな。かわりに麻優がやってるよ」

郊外にある一戸建ての広めの庭。そこで花や野菜を育てるのが母の唯一の趣味と言ってもいい。

いままでに疎《おろそ》かにしている庭は見たことがない。血の繋がらない息子になど興味がなくなったと思っていたのは、創也の思い込みだったのか。

「どっちにしても早く決めてやれよ。母さんがもたないよ」

ここだけはそれほどきつい言葉ではなく、なんだか頼むような感じで華は床に座る弟を見つめてきた。

いつもきつめの顔も悲しげで、ちょっと記憶にないような表情だ。

「う、うん……ごめん」

ただ、じゃあいま決断しろと言われても、すぐに答えを出せるはずもない。いまだに創也自身も混乱している。

情けない性格だと言われたら、それまでかもしれないが。

「いまはどうしてるんだよ。あの女の家にずっと泊まっているのか？」

杏菜は母の大学時代の後輩で、しかも近所に住んでいるので、華も麻優も面識はある。二軒の家が近くなのは偶然だが、華が高校生だったころからの付き合いだ。

「あの女って……」

だから華がそんな風に呼ぶのに違和感があった。創也がバイトから帰る際には、家族で食べろとお菓子を持たせてくれたりする人なのにだ。

「どうせ、二人でやりまくってるんだろ」

ベッドに片膝座りのまま顔を横に背《そむ》けて、華は言った。頬を赤くして少し照れている感じがする。

「な、なんだよ、それ」

血縁がないとはいえ、ついこの前まで実の姉だと思っていた華からセックスの話が出てきて、創也も顔が真っ赤になった。

「そ、そりゃ、まあ、でもずっとお世話になるわけにも……」

とにかく恥ずかしくてまともな言葉も出てこない。もちろん姉も恋人がいたことがあるし、創也も女を知っている身だが、三森家はあまり性に関してオープンに話す家ではなかった。

「グズグズ言いやがって、もういい、決めた」

はっきりとしない弟に華は苛立《いらだ》った声をあげて、剝き出しの自分の太腿を手のひらで叩いた。

そしてベッドから降りて創也を見下ろす。その瞳は鋭いが頰は赤く唇は震えているように思えた。

「こっちに寝ろ」

また創也の襟首を摑んだ華は、強引に引き寄せた。女性とは思えない強い力で無理矢理に立たされ、目の前のベッドに転がされた。

「な、なにをするんだよ」

仰向《あおむ》けになった弟のうえに華は馬乗りになってきた。決意を秘めたようなその瞳に創也は圧倒された。

「お前をこの家に戻す。あの女には渡さないから」

創也の腰をショートパンツから伸びる脚でしっかりと挟んで固定したまま、華はTシャツを脱ぎ捨てた。

ほどよく筋肉がついた白い肩や引き締まったお腹周りと、薄いブルーのブラジャーに包まれた巨乳が露《あら》わになった。

「えっ、ええ、なに、どうして」

華が裸になろうとしていることに、創也はすっかりパニックだ。薄着の巨乳にドキドキするときもあるが、姉であることにかわりはない。

「杏菜さんには渡さない。私の身体でお前を止めてやる」

真剣な瞳で華は見つめてくる。そして背中に手を回すとブラジャーを外した。

「えっ、ええ、母さんの話は」

母が落ち込んでいるという話ではなかったのか。驚いている間にレースがあしらわれたカップが落ちて二つの肉房が飛び出してきた。

「うっ」

身体は驚くほど引き締まっているのに、乳房は異様なくらいに大きい。

同じ巨乳でも杏菜とはタイプが違い、見事なくらいの球形を描いていてパンパンの風船を思わせた。

（なんて綺麗なおっぱい……）

　こんな状況なのに、創也は上空でフルフルと弾んでいる姉のバストに釘付けになった。

　美術品のような丸みの巨乳は色が抜けるように白く、そして乳頭部は薄いピンク色だ。乳輪がぷっくりと膨らんでいる感じが淫靡だった。

「自分でもどうしてかわかんないけど、お前が杏菜さんと仲良くしてると思うとイライラするんだよ。ずっと前から……だからいつも……つい……」

　少し悲しげな瞳になった華は上半身を屈め、創也の顔を挟むように両手をベッドについた。

「姉さん……僕は……」

　長い付き合いだからわかる。このトーンはほんとうに真剣なときの華だ。

　弟をとられたという思いに怒りがわいていたのか、それとも女として嫉妬していたのか、いまは理解が追いつかない。

「母さんのためじゃない、私が帰ってきて欲しいんだ」

　決意が込められたはっきりとした言葉で告げて、華はショートパンツだけの身体をうしろにずらしていく。

そして創也のベルトを緩めて一気にパンツも引き下ろした。

「えっ、ちょっとあんた、これ」

創也の股間にあるモノを見て華は目を丸くしている。彼女の見事な巨乳に煽られて半勃《はんだ》ち程度には固くなっていて、その巨大さを見せつけていた。

「こ、こんなの……口に入るかな」

どこか魅入られたような目をしながら、華は肉棒に指を絡めてしごきだす。

そして父似の薄めの唇を開くと、亀頭部を包み込んできた。

「うっ、くう、姉さん、こんなこと……僕たちは」

濡れた舌が亀頭に触れ、華の体温に肉棒が包み込まれる感覚。

ただ自分たちは姉弟だという思いが、創也にはまだあった。

「そうだよ姉弟だ。でも血の繋がりはないんだから姉弟でしてもかまわないだろ」

さらに固さを増した創也の巨根にねっとりと舌を這わせながら、華は少し息を荒くしている。

物心ついたころからそばにいるのが当たり前だった姉。その彼女の舌が自分の性器を舐めていると思うと、背徳感がすごい。

同時にまだ仲のよかった子供のころ、いつも一緒に遊んでくれた姿が頭に蘇《よみがえ》る。

「ごちゃごちゃ言うな。それとも杏菜さんは女と思えるのに、私には魅力は感じないっていうのか？」

「でも……」

こんどは身体を前にずらし、創也に覆いかぶさって華は顔を寄せてきた。

切れ長の瞳が少し潤んでいて、これも長い付き合いでも見た経験がない顔だ。

「そ、そんなことはないよ」

初めて感じる姉の女としての姿。美しく、そして切なげで創也は胸が昂ぶる。

気がついたら創也は姉の背中に下から腕を回していた。

「ならいいだろ……ん……」

細身《ほそみ》なのにグラマラスな身体を創也に覆いかぶせながら、華は唇を重ねてきた。

もう拒否する気持ちも起こらず、ただ身を任せて舌を絡みつかせていく。

「んん、んく、んんんんん」

あらためて姉のぬくもりを感じる。血縁がないとはいえ、姉弟として育った相手とこんなことをするのはいけないと思うが、もう華を思う気持ちが上回っていく。

創也は激しく舌を絡ませながら、自分のうえに乗った姉の乳房に手を伸ばした。

「んん、あっ、はうっ、こら、あああ」

張りの強い巨乳は触れると意外に柔らかく、肉房に指が吸い込まれた。

その感触を堪能《たんのう》しながら乳首に触れると、華は背中をのけぞらせた。

姉の感じている表情。背徳感と男の欲情が混ざり合い、創也は激しく乳房を揉みしだき、乳頭をこね回した。

「ああっ、はうん、ああ、お前は、ああ、ほんとおっぱい好きだな、あん」

唇を半開きにした華が、息を荒くしながら見つめてきた。その顔には少し笑みが浮かんでいる。

「いつも私や母さんのおっぱい見てるもんな。このスケベ」

文句を言いながらも華は瞳をうっとりとさせて、創也の首筋にキスをしてきた。

彼女のどこかが自分の身体に触れるたびに、背中がゾクゾクと震えた。

「だって、こんなに綺麗なおっぱいだから」

見ていたことを否定せずに創也は、仰向けの身体を下にずらして華のピンクの乳首にキスをした。

「あっ、やだっ、ああ、こんなの、ああ、いいよ、ああ、私のGカップ好きにしていいんだからな、あっ、はうん」

華の身体からどんどん力が抜けていく。創也はチュウチュウと音を立てながら乳首を転がし続けた。

「あっ、やん、あああ、お前こんなに、ああ、あああん、声が、ああん」

甲高い喘ぎを響かせ、腰を揺らして華はどんどん快感に溺れている。

ときおり弟に感じさせられているのをくやしそうにしていて、それがなぜか創也の欲情を刺激した。

「姉さん、全部見せてよ」

ようやく乳房から口と手を離した創也は、華の身体を抱きしめながら横に転がった。

体勢が逆になり、華が下になる。創也は身体を起こしつつ彼女のショートパンツを引き下ろした。

「あ、あんまり見るなよ、恥ずかしいから」

普段から強気で弟を見下している姉が、頬を赤く染めて顔を背けた。ブルーのパンティだけになった身体もピンクに上気している。

「うん……」

いちおう頷いているが、目をしっかりと見開きながら創也はパンティも脱がせていった。

薄い青の布地の下から黒い草むらが現れた。

（これが姉さんの……）

一糸まとわぬ姿となった華の長い脚の間に身体を入れ、創也は息を荒くした。

ビラが小ぶりで色も薄いピンクだが、開き気味の膣口の奥にある媚肉は肉厚だ。

（すごく濡れてる）

真ん中に肉が押し寄せて、指が入る隙間もなさそうに見える膣内には、透明の粘液が糸を引いていた。

「みっ、見るなって言ってるだろ」

姉の秘裂を見つめているという背徳の感情と、中からムンムンと漂《ただよ》ってくる女の香りに魅入られていると、華は恥ずかしそうに顔を横に向けたまま叫んだ。

いつもなら蹴飛ばされそうなのに、少女のように恥じらう姉がなんとも新鮮だった。

「も、もういいかな、姉さん」

本来なら秘裂を指で愛撫しないといけないのはわかっているが、もう創也は感情が昂ぶりすぎて抑《おさ》えが利かない。

肉棒もすでに亀頭がはち切れそうなくらいに勃起していて、あの肉厚の膣内に入りたいとヒクついている有様だ。

「えっ、ちょっといきなりそんなデカいの、あっ」

巨大すぎる弟の逸物《いちもつ》に華は焦《あせ》った顔を見せているが、ためらいよりも本能が上回った創也は亀頭を濡れた膣口に触れさせた。

一気にかわった華の声色《こわいろ》と熱く蕩けた媚肉の感触に、創也はもう頭の芯まで痺れていた。

「姉さん、ううっ、くううう」

創也はゆっくりとだが怒張を前に押し出していく。やけに狭い膣内をカリ首が掻き分けるようにして進んでいった。

「あっ、あうっ、創也、ああ、あああああ」

目を固く閉じたまま華は何度も首を横に振る。仰向けの身体のうえで見事な張りをもって盛りあがるGカップがフルフルと揺れる。

身悶えながらも痛そうにしているわけではない様子の姉に安心しながら、創也はさらに奥へと怒張を押し入れた。

「あっ、あああん、奥に、ああ、深い、あああ」

やがて亀頭が膣奥に達し膣道を野太い肉棒が満たしきると、唇を開いて華はのけぞった。

視線は定まらずに宙を泳ぎ、開かれた両脚がヒクヒクと震えていた。

いる。


「姉さん、まだ全部入ってないよ」

奥にまで亀頭が達している感触はあるが、創也の巨根はまだ三分の一ほど外に出ている。

これもすべて姉の中に入れたいと、創也の中の牡《おす》が告げていた。

「いくね、姉さん」

「えっ、ちょっと、まだって、ええっ」

華は驚いて身体を起こそうとする。その瞬間に創也の巨根がぐいっと子宮口の奥に押し込んだ。

「ひっ、ひあああああ」

聞いたこともないような絶叫と共に、華は背中を弓なりにして再びベッドに倒れ込んだ。

いつもは凛々《りり》しい唇もぱっくりと割れ、引き締まったお腹が波打っていた。

「ご、ごめん、大丈夫」

ここでようやくはっとなって、創也は姉に声をかけた。あまりに女性のことを考えていない暴走だ。

「はあはあ、このばか、大きすぎるんだよ。こんなの、ああああ」

息を弾ませながらなんとか首だけを起こして、華は自分を見下ろす弟を睨みつけてきた。

いつもなら震えあがったかもしれないが、いまはなんというか、華の頬を赤くして瞳を濡らした顔を見ていると恐怖は湧きあがらなかった。

「う、動いてもいい？」

彼女が苦しんでいないか心配する反面、男の本能は彼女を責めろと命じてくる。

ドロドロに蕩けて肉棒を締めつけてくる姉の媚肉を掻き回したくてたまらなかった。

「す、好きにしたら、ああ、いいだろ」

ときおり切ない息を吐きながら、華は力を抜いてベッドに身体を投げ出した。

半開きの唇から漏れる悩ましげな声は、姉もまた同じように快感を求めているのだろうか。

「い、いくよ」

あらためてしなやかな白い脚を抱えた創也は腰を前後に動かす。血管が浮かんだ肉茎が大きなグラインドで濡れた媚肉をピストンする。

「ああっ、あああ、はああん、これ、あっ、あああ」

動きだすのと同時に華は淫らに喘いでシーツを摑んだ。まだ恥ずかしいという思いもあるのか、白い歯を食いしばっていた。

「ああ、姉さんの中、ああ、すごく気持ちいい」

こちらは一気に快感に溺れ、創也はピストンのスピードをあげる。

亀頭から張り出したエラが濡れた粘膜に絡みつきながら擦りあげ、快感が頭の先まで突き抜けた。

「ああっ、こんなの、あ、ああ、そこは、あっ、あああああん」

ベッドのうえで膝立ちでバランスをとりながらなので、ときおり肉棒の角度が変わる。先端が華の膣奥の天井側を突いたとき、彼女は大きく唇を開いた。

背中も弓なりになり、身体のうえで乳首が尖りきった巨乳がバウンドした。

「ここだね、姉さんの感じる場所は」

偶然にも華の膣内のポイントを発見した創也は、斜めうえに向かって怒張を強く突きあげた。

「ああっ、だめ、そこは、ああ、はあああん、ああああ」

仰向けの白い身体を何度も弓なりにしながら、華は息を詰まらせて喘ぎまくる。

媚肉も強く絡みついてきていて、華の肉体の燃えあがりを感じさせた。

「もっと気持ちよくなって姉さん、おお」

あの強気な姉を自分の肉棒で悦《よろこ》ばせている。牡の征服欲にかきたてられた創也は夢中で腰を動かした。

「ああっ、あああん、ひぃん、そんな、ああ、でも、あああ、すごいぃぃ」

すべてを捨て去ったように華は引き締まった身体をくねらせ、明るい色に染められた髪を振り乱して喘いでいる。

瞳も虚ろで開いた唇の向こうに白い歯がのぞいていた。

「姉さん、こっちへ」

そんな姉のよがり顔をもっと近くで見たくなって、創也は驚くほどくびれているウエストを抱えあげた。

体重の軽い身体は簡単にふわりと浮かび、抱きしめたまま創也はベッドに尻もちをついて座った。

「あああっ、創也、これだめ、ひううう、深い、あああああ」

体位が対面座位に変わって創也の腰に華が跨がる形になった。

股間同士の密着度があがり、亀頭がさらに深く華の濡れた膣奥を抉《えぐ》った。

「ああ、はあああん、おかしくなっちゃう、ああ、ああ」

もちろんだが、さきほど見つけた奥の天井側のポイントを突き続ける。

華はもう意識も怪しくなっているような様子で、懸命に創也の肩にしがみつきながらひたすらに喘いで狂っていた。

「姉さん、とってもエッチだよ」

息を詰まらせながら喘ぐ華の崩れた顔を目の前で見つめ、創也はさらに興奮する。

脈打つ肉棒をたぎらせながら、ドロドロの媚肉をひたすらに掻き回した。

「あああっ、だって、ああ、お前のが、ああ、すごすぎる、ああん、あああ」

突きあげのリズムにあわせてGカップの巨乳を弾ませながら、華は強く創也の肩を握りしめてきた。

少しくやしさを感じさせるその手の力を感じ、創也は姉をこんなにも感じさせているのだとさらに燃えた。

「姉さん、んんんん」

自分もまた興奮の極致に全身を熱くしながら、創也は目の前で揺れる乳房の先端に吸いついた。

乳首を吸いあげながら、ベッドのバネの反動まで使って華のしなやかな身体を責めたてた。

「あああっ、はあああん、もう、私、あああ、あああ、だめ、ああ」

乳首の快感も加わり、華は天井を向いて叫んだ。頂点に向かっているのだろうか、創也は休まずに姉の膣奥をピストンで責めたてる。

「あああん、ああ、創也、あああん、どこにも、ああ、いかないで、ああん」

激しいよがり泣きを繰り返しながら、華は弟の背中を強く抱きしめてきた。

感情が高ぶっているのか切れ長の瞳は潤み、唇も震えているように見えた。

「うん、いかないよ、戻ってくるよ、おお、僕ももう」

創也もまた気持ちが暴走し、上半身を起こしてあらためて姉の腰を抱き寄せる。

そして肉棒をこれでもかと膣奥に向かって打ちあげた。

「ああ、創也、あああん、外なら、ああ、どこにでも、ああ、出して」

さすがに中出しをするつもりは創也にもない。ただ自分が先に果てるわけにはいかないと、歯を食いしばって膝のうえの華を突き続ける。

ドロドロの媚肉が亀頭に密着しながら、互いを強く擦り合った。

「あああっ、はあああん、もうイク、私、あああ、イクうううう！」

ひときわ大きな絶叫を響かせると、華は背中を弓なりにしながら、創也の背中に爪を立てた。

たわわなGカップのバストが千切れるかと思うほど、波打ちながら舞い踊った。

「くうう、僕もイクっ」

同時に創也も我慢の限界を迎えた。慌てて華を仰向けにした創也は肉棒を抜いて、反射的に彼女のお腹の上に跨がる。

「くう、イク」

細くくびれたウエストを両腿で挟んで膝立ちになり、華の愛液にまみれた肉棒を自らの手でしごいた。

勢いよく飛び出した白い飛沫《しぶき》は乳房を乗り越えて、華の首筋や顔の周りに降《ふ》り注《そそ》いでいった。

「ああ、姉さん、くう、ううう」

強気な姉の美しい顔が自分の出したもので白く染まっていく。

整った唇や高い鼻にまで精液がまとわりついていく様《さま》に、肉棒は何度も脈打ち、さらなる精をぶちまけた。

「ああ、創也……」

絶頂の余韻に蕩けた色っぽい華の顔を、幾筋もの精液が流れ落ちていく。

仰向けの身体は汗ばんでいて、息をするだけで揺れる球形の乳房が濡れ光る姿もまた艶めかしかった。

「……お前、好きなところに出せって言ったからって、顔に出す奴があるかっ」

ただすぐに自我を取り戻した華は、切れ長の瞳を吊りあがらせた。

（やばい）

本能的に危機を察知して身がまえる創也だったが、華の足の裏がみぞおちをめがけて飛んできた。

「ぐふっ」

呼吸が止まり、創也は裸の身体をくの字に折ってうずくまる。

（そりゃそうだよな）

顔面射精を杏菜は笑って許してくれたが、普通の女性は怒るよなと、薄れゆく意識の中で反省していた。

第三章　マゾ快楽に啼く美姉

日曜の午後、創也は荷物を持って自宅に戻ってきた。

杏菜には一度帰宅して、家族と話し合ってきますと言って出てきている。まさか華と関係を持ち、戻ることを決めたなどと言えるはずはない。

ただ杏菜は、なにか感づいているのか、意味ありげな笑みで見送られた。彼女は妙に勘《かん》がいいところがあるので恐ろしかった。

「おかえりなさい、創也くん」

玄関に入るなり母の優花がいきなり抱きついてきた。薄手のカットソーにロングスカート姿の母の身体が密着し、巨乳が自分の身体に押しつけられる。

「ちょっ、ちょっと母さん」

手にもっていたカバンを足元に落としながら、創也はびっくりしていた。

こんな風に抱きしめられるのは子供のころ以来だ。母の頬には涙が伝い落ちている。

感情が昂ぶるあまり、母はそうせずにいられなかったのだろう。

「母さん、僕、ここにいていいの？」

そんな優花の背中をさすりながら創也は聞いた。勝手に出ていって母に申し訳ない気持ちでいっぱいだった。

「もちろんよ。一生ここにいて、創也くん」

大きな瞳を涙に濡らしながら母は精一杯の笑顔で言った。どこまでも優しい思いに創也も胸が熱くなった。

「一生いるってことは結婚も禁止だな。永遠のマザコン男だ」

玄関をあがったところの廊下で、キャミソールにショーパンツ姿の華が壁にもたれながら笑った。

嫌みを言っているように聞こえるが、以前のようなとげとげしさは感じない。

「せっかく帰ってきたのによけいなこと言わないでよ。ほんとはお姉ちゃんも嬉しいんでしょ」

そのそばには母と同じようなロングスカート姿の妹、麻優がいて、珍しく華にたてついた。

「な、う、嬉しいって誰がだよ」

明るい髪の頭を妹に向けて華が声をうわずらせる。度胸が据《す》わっている華が、ここまであからさまに狼狽《ろうばい》を態度に出したことはない。

顔も真っ赤になっていて、いつもの姉とは明らかに違う態度に、創也は他の二人に関係がバレやしないかと背筋が寒くなった。

「てめえ、いい加減なこと言うな」

「図星を指されたからキレてるんでしょ」

麻優は一歩も引かずに反抗している。いつもなら華になにか言われても正論を言い返すか受け流すかのどちらかなのに。

「もうっ、仲良くしなさい、二人とも」

険悪な雰囲気を漂わせて睨み合う姉妹に、さすがに母が間に入った。

華はまだわかるが、麻優までなんだかおかしくなっている気がして、創也はただ呆然とするばかりだった。

（やっぱり前と同じというわけにはいかないよな……）

久しぶりの実家の部屋での夜、創也はベッドで天井を見あげていた。

今日の麻優と華の変化は、やはりいままで兄弟だと思っていた創也に、血の繋がりがないという事実がそうさせているようにも思うのだ。

「母さんも泣いてたなあ」

母の優花は映画などを見てすぐに泣くタイプの人間なので、涙は見慣れているといえばそうだが、やはり今日の涙はそんなのとは違う。

母が息子が帰った喜びに泣く姿は、やはり親としての愛情を感じた。

(でも、すごくいい匂いがした……)

母の黒髪から甘い香りがしてきて、創也はまたどきりとしてしまったのを思い返す。

やはり自分は優花を、女として見てしまっているのかもしれない。心でどう思っていても、牡の本能で反応している感じだ。

「ないない、それはいくらなんでもダメだって」

姉の華とは違う。ついこの間まで自分のことをお腹を痛めて産んでくれたと思っていた親だ。

母親を女として見始めたら、さすがにまずいと創也も思うのだ。

(でもひとりの女性としても確かに魅力的だと思うんだよなあ)

大きな瞳に色白でふっくらとした頬。唇は厚めでセクシーさを感じさせる。

性格も母性が強くて女らしい。そしてなによりあの抜群のスタイルだ。

んできた。

「い、いかん」

目を閉じたら、あのタオル一枚で前を隠しただけの母の白く肉感的なボディが浮かんできた。

想像してしまっただけでも、人の道を外してしまった気がして、創也は飛び起きた。

「まだ起きてるか？　創也」

そのとき部屋のドアをノックする音がして、創也は驚いて飛びあがりそうになった。

向こう側から聞こえてきたのは、姉の華の声だった。

「い、いいよ、起きてる」

まさか勃起していないよなと、部屋着の半パンの股間が膨らんでいないのを確認してから姉を呼び入れた。

華は休むときは露出的な格好が多く、今日は黒のキャミソールに白のショートパンツだ。

剝き出しの白く長い脚や細身の身体には不似合いな巨乳が今日も淫靡で、黒い生地の胸元には乳首のボッチまで浮かんでいた。

「珍しいね。どうしたの？」

この乳房を思うさま揉んで吸ったのだ。それを思い返すと、こんどはほんとうに勃起しそうになった。

それをごまかすように両脚を閉じてベッドに座りながら、創也は言った。いつもなら彼女が夜に来ることはないし、なにより創也に用事があるときはノックもなしにドアを開いてくるのが華だ。

「ごめんな。蹴っちゃって」

この前の行為のあとのみぞおちへの蹴りのことだろう。確かに強烈で、ほんとうに何秒間かだが意識が飛んでいた。

「いっ、いや、いいよ僕が悪いし」

わざとではなかったが顔に射精をしてしまったのだから、怒られても仕方がないと創也は思っていた。

ただなんだかいまの華は、昼間の彼女とは別人のようだ。明るい髪の頭を少し横に伏せながら頬を赤く染めている。そしてもじもじと腰をよじらせているのだ。

「あ、あのさ、怒ってないのなら、今日は一緒に寝てもいいか？」

恥ずかしそうに声を震わせながら、華は創也のベッドに近づいてきた。

「えっ、ええっ」

華は創也のほうは見ようとはせずに、勝手にベッドに入っていく。

ベッドに座っている創也の横を通過して、向こう側を向いてごろりと横になった。

「ほんとにここで寝るの？」

振り返るとキャミソールの背中がこちらを向いている。あのきつい姉と同じ人間とは思えない行動に、創也は呆然となっていた。

「いやか、私と寝るのは？」

身体を反転させてこちらを向いた華は、切なそうに唇を噛《か》んでいた。

切れ長の瞳の瞳が少し潤んでいて、不安げに見えた。

(可愛い……)

ずっと怖いだけだった姉が、怯えた少女のような表情でこちらを見ている。

創也の心臓は一気に鼓動が早くなり、胸を打つ音が中まで響いていた。

「う……嬉しいかもです……は、はい」

自分でもなぜそんな言葉を口走ったのかわからない。姉の魅力に取り込まれた創也は、ギクシャクとした動きで姉と向かい合って添い寝した。

「変な日本語だな、大丈夫か、ふふふ」

お互いの顔と顔が至近距離で向かい合い、華がにっこりと笑った。

その幸せそうに目を細めた笑顔に創也はまたやられてしまう。

「そういえば私たち、キスしたことなかったよな」

じっと弟を見つめながら華は手を伸ばしてきた。もう創也はなにも答えずに唇を重ねていった。

「んんん、んく、んんんんん」

いきなり舌を差し入れ、激しく絡ませていく。華もそれに応えてぬめった舌を大きく動かす。

二人はもう姉弟であることも忘れたように、横寝で向かい合って肩を抱きながら、唾液を交わした。

「んんん……あ……あああ」

ずいぶんと長い間、貪りあいようやく唇が離れると、華はさっきまで鋭さを感じさせた切れ長の瞳をとろんとさせて見つめてきた。

創也も驚くくらいに身体が熱くなっていた。

「ああ……創也……」

半開きになった濡れた唇から甘い吐息を漏らしながら、華はゆっくりと身体を起こして創也の下半身のほうに移動していく。

「姉さん」

もう創也のほうも感情の昂ぶりが止められない。家に帰って来たその日のうちにこんなことをと思うし、いまは一つ屋根の下に妹も母もいるというのに。

ズボンに手をかけてきた華にされるがままに仰向けになり、パンツまで脱がされていった。

「ほんとに大きいな……これ……」

下半身裸になった弟の両脚の間で身体を折った華は、まだだらりとしている肉棒を摑みながら舌を這わせてきた。

整った唇の間からピンクの舌が伸びてきて、赤黒い亀頭の裏側を舐めていく。

「うっ、くう、姉さん、この前は痛くなかった？」

男の弱い場所を唾液にまみれた舌が這っていく快感に、仰向けの身体を引き攣らせながら、創也はくぐもった声を出して姉を見た。

自分の肉棒がかなり巨大だという自覚はある。しかも、我を忘れて欲望のままに華の身体を突きまくってしまった。

快感よりも苦しみのほうが、大きかったのではないかと心配していた。

「んん……ん？　痛くはなかったよ。あんたの大きいので自分の中がいっぱいになってる感じだった」

肉棒に指を這わせたまま、うっとりとした顔をこちらに向けた華は、切ない声でそう言った。

「声が出すぎて恥ずかしかったよ……ちょっと、やだ、なに言わせるんだ」

華は急に顔を真っ赤にして横を向いた。ただその手はもう勃起している怒張を擦り続けている。

自分の陰毛と肉棒越しに強気な姉が狼狽《うろた》える顔を見ていると、創也はさらに燃えあがった。

「もう……いやだ、んんん」

恥ずかしさが極限に達したのか、華は振り切るように創也から目を離し、亀頭を飲み込んでいく。

唇が大きく開き、美しい顔の中に怒張が飲み込まれていった。

「ああ、姉さん、これ、くううう」

口腔の濡れた粘膜が亀頭のエラを擦り、創也はこもった声をあげた。

甘い快感に腰まで痺れ、開いている両脚が大きくよじれた。

「ん、ん、んんんん、んん」

華はあくまで肉棒に集中しているようで、明るい色の髪を乱しながら頭を上下に大きく振ってくる。

黒のキャミソールの下の、おそらくはノーブラのGカップが大きく弾んでいた。

「あああ、うう、すごいよ、くうう」

大胆に唇を竿の部分に吸いつかせながら、華は激しいフェラチオを繰り返す。

亀頭が喉にあたって苦しいのではないのかと心配になるが、その瞳はどこかうっとりとしていた。

「ああ、姉さん、くうう、出ちゃうよ、うう」

快感に腰が震え、創也は無意識に喘ぎながら、達してしまいそうになった。

「んんん、んく、んんんんん」

華の喉奥に近い固い場所が亀頭を強く擦るのも、またたまらなかった。

「ああ、だめだ、これ以上は」

このままだと口内に射精してしまうと、創也は上半身を起こし華の頭を摑んで舐めあげをやめさせた。

顔にかけただけでも蹴りを入れられたのに、口の中で出したりしたらどんな目にあわされるのか、想像もしたくない。

「あ……あん……そのまま出してもよかったのに」

唇の中から濡れた亀頭がこぼれ落ち、唾液が粘っこく糸を引く。華は創也の予想に反して蕩けた顔でそうつぶやいた。

「だめだよ、姉さんも気持ちよくなってからじゃないと」

創也は華の肩を摑んで引き起こして膝立ちにさせる。自分もベッドに同じ体勢になって向かい合うと彼女のショートパンツの中に手を入れた。

信用していないわけではないが、前の蹴りの恐怖がまだ残っていた。

「あっ、私は、あっ、いいよ、あ、あああん」

さすがにパンティは身につけているが、創也はお構いなしにその中に手を入れて、秘毛の奥にある華の女の部分をまさぐりだした。

クリトリスを軽く指で揉み、さらに奥に触れると、すでにドロドロに蕩けていた。

「すごく濡れてるよ、姉さん」

「あっ、いやっ、あああん、あああ、両方は、ああ、ああ」

手先の器用さで、創也は華の肉芽と膣口を同時に指責めした。

部屋にクチュクチュという粘液の音と華の甲高い声が響いた。

「あっ、ああああん、だめえ、あああ、あああああ」

膝立ちの身体をクネクネと揺らして華はひたすらに喘ぎ続ける。露出している白い肩がピンクに染まり、唾液まみれの唇が大きく開いた。

「姉さん、もっと感じてよ」

どんどん昂ぶっていく姉のクリトリスをこね回し、膣口を大きく掻き回す。

形のいいヒップがビクッと引き攣り、剝き出しの膝をシーツに擦りつけるようにして、白い脚が内側によじれていく。

「あっ、あああ、創也、あああん、私、ああ、あんたので、あああ」

激しくなる指使いに音《ね》をあげた華は、崩れ落ちるように創也にしがみついてきた。

「う、うん、じゃあ向こうをむいてよ、姉さん」

ずっと指を食い絞めてくる華の媚肉から指を引きあげた創也は、そう命じて背中をこちらにむけさせる。

驚くほど引き締まっているウエストに腕を回して引き寄せ、四つん這いの体勢をとらせた。

「ああ、うしろからするのか？　あ、やん」

うっとりと蕩けた目で振り返った姉のショートパンツと白のパンティを引き下ろすと、真っ白なヒップが姿を見せる。

華は小さく喘いで、切なそうにお尻を振った。

「姉さんのお尻、ツルツルしてすごく綺麗だよ」

ゆで卵を剝いたような質感の白尻は、鍛えているからか見事なくらいに引き締まっている。

ゆっくりと手で撫でると、滑らかな肌が吸いついてきた。

「あん、やっ、そんな恥ずかしいこと言うな、ああ……」

じっくりとヒップの感触を味わう弟に華は文句を言うが、もちろんいつもの勢いはない。

気の強い華が頰を染める瞬間は、ほんとうに創也の征服欲をかきたてる。

悪い気持ちになって創也は、その張りの強い尻たぶを左右に開いた。

「こ、こら、だめだって、お前、ああ、み、見るな」

ドロドロに濡れた秘裂まで開くと、膣口の中にある肉厚の媚肉までが丸見えとなる。

さらにはそのうえにあるセピアの肛肉までもが剝き出しになっていた。

「姉さんはお尻の穴まで綺麗なんだね」

もう死にそうな声を出している華を、創也はさらに辱《はずかし》めていく。

濡れた秘裂の下側にある小さな突起に舌を這わせながら、同時に人差し指でアナルもまさぐった。

「ひあっ、お前、なにを、あああ、そこだめ、あああ」

クリトリスの快感に喘ぎながら、アナルを嬲《なぶ》られる羞恥《しゅうち》に華は混乱している。

キャミソールの下の巨乳が横揺れし、四つん這いのしなやかな身体がクネクネと揺れる。

「あっ、ああああん、だめ、ああ、ひどいよ、あああ、はうん」

ついに泣き声まであげて、華は明るい色の髪を振り乱して喘ぎ続ける。

(ん？)

もう強気に出る力も残っていない姉だが、創也のほうはどこか、突然、豹変するのではないかという恐怖もある。

だから注意深く彼女のことを見ていると、様子がおかしいことに気がついた。

(アソコがすごく動いてる……アナルも)

真っ赤になった顔は泣いているようにも見える華だが、媚肉のほうはどんどん真ん中に寄りながらうごめき、愛液が絞られるように溢れている。

そして創也の指で揉まれている肛肉も、ヒクヒクと収縮を繰り返していた。

(もしかして恥ずかしい目にあわされて感じてるのか？)

高校時代は男が相手でも平気でけんかをしていた元ヤンの姉が、弟に嬲られることに興奮している。

男に屈することが快感になるマゾの性感が顔を出している姉に、創也も欲望を燃やし頭の芯まで熱くなった。

「エッチな動きしてるよ、姉さんのケツの穴」

わざと汚い言葉を使いながら、姉のアナルに指を押し入れていく。

右手人差し指でグリグリと肛肉をこじ開けながら、左手で華のキャミソールをめくって巨乳を剝き出しにした。

「あああっ、ひどい、あああ、はうん、ああああん」

少女のような泣き声をあげながら、華は四つん這いの身体の下で巨乳を揺らして声を大きくした。

すでに尖りきっている様子のピンクの乳首を引っ張り、さらにアナルをまさぐった。

「あああ、はああん、ああ、こんなの、あああん、だめえ」

もう自我が崩壊している様子の華は、ベッドに両手と両膝をついた肉体を何度も引き攣らせている。

瞳は虚ろになっていて、秘裂からはさらに愛液が溢れ出していた。

「そろそろ、入れるよ」

左手を巨乳から離した創也は、華のうしろに膝立ちになる。いきり勃《た》ったままの怒張を、ヨダレのように愛液を垂れ流している膣口に押し込む。

アナルのほうは指を引き抜いてはおらず、前後に動かして肛肉を開閉していた。

「あああ、はああん、いま入れたら、あああ、くうん、おかしく、あああ」

両穴同時の快感に、華はカッと目を見開いて、背中をのけぞらせた。

自分の身体が異常なくらいに昂ぶっているという自覚があるのか、喘ぎながら戸惑っている。

「一気に奥までいくよ」

ただ姉が狂うことを望んでいるというのはわかっている。創也はさらに深くにまで怒張を押し込んだ。

「ひっ、ひいっ、これ、ああ、大きい、あああ、はああん」

四つん這いのまま顔を前に向け、華はまさに獣のような声をあげた。

異常なくらいに感じているのだろう、白い背中がヒクヒクと波打っていた。

「そうだよ、姉さんの奥の奥まで犯すから、今日は」

おかしくなっているのは華だけではない。創也もまた血走った目を輝かせながら、腰を大きく使いだした。

アナルに指を飲み込んでいるヒップに向かって、自分の腰を叩きつける。

「はああん、あああ、そんなの、あああ、あああ」

乱れた髪を汗に濡れた頬にはりつかせて、華は顔をこちらに向けた。

すがるような目をしているが、唇は半開きのままでピンクの舌までのぞいていた。

「だめなの？」

あえてそう聞きながら、創也はさらにピストンのスピードをあげた。

「あああっ、ひぃいん、もう、ああ、好きにしてえ、ああ、どうなってもいいよお」

舌っ足らずな声をあげながら、華は敗北宣言と言えるような言葉を口にした。

それがマゾ的な性感を刺激しているのか、媚肉の締めつけがきつくなった。

「僕のチ×ポで狂わせるよ、もっと激しく」

二人ともに完全に暴走状態だ。あとのことなどなにも考えず、ただ欲望のなすがままに、創也は華のアナルから指を引き抜くと背後から両乳房を鷲づかみにした。

四つん這いの肉体を抱き寄せて持ちあげると、自分はそのままベッドに尻もちをついた。

「ひっ、ひぃん、おチ×チンがもっと奥にっ、あああ、深いいいい」

体位が背面座位に変化し、ベッドに座る創也の膝に引き締まった白いヒップを乗せた華が絶叫した。

自分の体重を亀頭に預ける華は、強い快感に襲われているのか、目を泳がせている。卑猥《ひわい》な言葉を口走るためらいも捨てて、だらしなく開いた脚をよじらせていた。

「そうだよ、姉さんのいちばん感じる場所を僕のチ×チンで突きまくるんだ」

キャミソールが鎖骨《さこつ》の辺りまで持ちあがっている華の巨乳を揉みしだき、創也は激しく肉棒を下からピストンする。

姉を一匹の牝にしているという思いがさらに快感を加速し、昂ぶる肉棒を濡れ堕《お》ちた膣奥の前側に突きたてた。

「ひぃん、そこお、ああぁん、華の弱いところ、ああん、おチ×チンいい」

完全に崩壊した美しい姉は、力の抜けた四肢を揺らしながら肉棒に身を委《ゆだ》ねている。

血管が浮かんだ怒張がぱっくりと口を開いたピンクの秘裂に出入りを繰り返し、愛液がシーツに飛び散った。

「ああぁ、もうだめ、ああぁん、ああ、イッちゃう」

膣奥にある最大の弱点への集中攻撃に華は口を大きく割って限界を叫んだ。

長く細い腕をうしろに伸ばし、創也の腕を掴んでのけぞった。

「イッてよ、僕ももうすぐ出るから、おお」

白い背中を向けている姉の巨乳を激しく揉み、ベッドの反動を利用して突きあげる。ぬめった媚肉がさらに狭くなっていて、亀頭が強く擦られて快感が突き抜けた。

「あああん、外なら、どこでもいいわ、あああん、顔でもいいから」

感極まっている様子の華は、向こうを見つめながら背後の弟に訴えた。

この前は蹴ってくるくらいに激怒したというのに、今日はよほど快感に蕩けているのか、それとももっと汚されたいとマゾの性感を燃やしているのか。

「じゃあ……姉さんの口の中に出していい？　僕の精子を飲んでよ」

頭の芯まで蕩けているのは創也も同じだ。少しびくつきながらも、姉にとんでもない要求をした。

さらに彼女に考える隙を与えないように、背後から両の乳首を摘《つ》まみ、怒張を強く膣奥に突きたてた。

「ひいいい、あああ、飲むわ、あああん、創也の精子をちょうだい、ああ」

背面座位の体位で弟の股間に跨がった身体をさらによじらせ、華は絶叫した。

そんな言葉を吐くと、さらに媚肉が肉棒を強く締めつけてきた。

「もうイクんだ、華っ」

目の前の女はただの牝だ。そう思いながら創也は怖い姉を呼び捨てにし、とどめのピストンを繰り返した。

「あああん、イク、華、創也のおチ×チンでイクのう、ああ、イクぅぅぅぅ！」

しなやかな肢体が大きく弓なりになり、開ききっている長い脚がビクビクと痙攣を起こす。

切れ長の瞳を虚ろにした華は、悦楽に浸りきった顔でのぼりつめた。

「うう、僕も出すよ！　こっちむいて座って」

膝のうえで引き攣り続ける華の身体をベッドに下ろして、創也は素早く立ちあがる。

へたり込むようにお尻をベッドにおいて、両手を前についた彼女の眼前に怒張を突き出して自らしごいた。

「あ……」

いろいろな液体にまみれた亀頭をぼんやりとした目つきで見ながら、華は唇を開く。

さらにはピンクの舌まで出してきた。

「ううっ、くう、出る！」

美しい舌に向かって精液を発射する。白い粘液が勢いよく飛び出し華の口内に注がれていった。

「ん……」

華は一瞬だけビクッと身体を引き攣らせたものの、そのあとは微動だにせずに精液を受けとめている。

飲み込む動作は見せておらず、口内を白濁液が満たしていった。

「おいしくないだろ、吐き出してもいいよ、うっ」

とんでもなく気の強い華が精液を飲んだ経験があるとは思えない。いますぐにでも吐きたいくらいにまずいのではないかと心配になる。

ただ肉棒の反応はすぐには止まらず、そんな言葉をかけながらも最後の一絞りを創也は発射していた。

「あ……少し苦いけど……いやだとは思わないよ……あんたのだと思ったら」

生臭い香りのする精子が開いたままの口の中にたまっている状態なのに、華はどこかうっとりとした顔でそう答えた。

身体の前でピンクに上気した巨乳を揺らしながら、へたり込んだ体勢でこちらを見あげているそんな姉に、創也はさらなる命令を口にしようとする。

「じゃ、じゃあ、ちゃんと味わってから飲み込んで……」

まだ怖い気持ちはあるが、この牝を汚したいという気持ちがさらに湧きあがる。

そう命じると、華はゆっくりと唇を閉じた。

「んん……ん……」

そして瞳も閉じ、顔を創也のほうに向けたまま、喉を鳴らして飲み干していった。

その顔は完全に蕩けきっていて、マゾの悦楽に心酔しているように見える。

「じゃあ、こっちも全部舐めて」

もう嗜虐心《しぎやくしん》が止まらない創也は華の前に、精液の残りが付着した亀頭を出した。

「うん……」

切れ長の瞳を妖しく輝かせながら、華はねっとりと舌を亀頭に這わし、すべてを舐めとっていった。


朝、目が覚めたら、隣で寝ていたはずの華の姿はもうなかった。

ただ彼女の甘い残り香が部屋に漂っていた。

(姉さんに飲精まで)

気怠《けだる》さの残った身体を仰向けにしたまま、創也は昨日の出来事が夢の中だったようにさえ思うのだ。

元ヤンで男を蹴飛ばしていた姉が悦びの表情さえ見せながら、弟の出したものを飲み干していった。

別人のような姿が、現実には思えなかったのだ。

「起きなきゃ」

ただ、いつまでもぼんやりとしていると大学に遅刻してしまう。ベッドから下りて創也は二階の廊下に出た。

三森家の二階にはトイレと洗面所もある。そこの前を通ると、華が歯を磨《みが》いていた。

「おはよう」

歯ブラシを口の中で動かしながら、姉は少し眠そうに挨拶してきた。

唇の周りについた泡立つ白い歯磨きが、一瞬、精液に見えてしまう。

「お、おはよう……」

この口の中に昨日は自分の精液を大量に放ったのだ。興奮を覚える一方で、えらいまねをしてしまったと怖くなってくる。

「顔洗うんだろ。タオル出すよ」

調子は普段と同じ感じで言って華はタオルと取り出すと、自分の口をゆすぎだした。

「へっ？　使っていいの？」

この二階の洗面所は朝はいつも姉専用だ。一階も麻優が使ってから創也の番という立場の低さだ。

麻優や母、優花は早起きなので不自由はないが、二階の洗面所を使おうとは考えもしなかった。

「いいでしょ別に。歯ブラシも新品あったかな」

洗面台の下を見て昨日と同じ、キャミソールにショートパンツの身体を屈める胸元が開いて、いつの間につけたのか、ブラジャーに持ちあげられた谷間が見えた。

「あ、ありがとう、姉さん」

こんなかいがいしい華を見るのは、幼いころを通しても初めてだ。

かえって怖さを感じながら、創也は歯ブラシを受け取った。

「もう華って呼ばないんだ」

華は少し唇を尖らせながら、パッケージに入ったままの歯ブラシを出してきた。

こんな子供のような態度も見たことがなく、ほんとうに別人のようだ。

「か、母さんや麻優だっているし、それはさすがに」

戸惑うあまり創也はごまかしながら歯ブラシを受け取った。

(可愛い……)

恋する乙女となったきつい姉は、元から美人だというのもあってか、男心を惑わせる。

胸が高鳴り顔が熱くなるのがわかった。

「そっか、それもそうだよね」

華のほうも照れたのか、明るい色の髪をした頭を向こうに向けた。振り返る瞬間の寂《さび》しげな笑みに目を奪われる。

「華……」

背中を向けた姉の肩を抱いてこちらを振り返らせ、創也は唇を重ねた。

「あっ、ん……んんん……」

少し驚きながらも華は唇をゆっくりと開く。二人は朝の洗面所に舌の絡み合う音を響かせながら貪りあった。

第四章　処女を捧げる妹

今日は大学が終わったあと、杏菜の工房に来て作業を手伝っていた。

「これ、すごく飛び散りますから」

犬用の首輪の部品を作っているのだが、素材のせいでかなり金属の粉が飛ぶ。

いつもの作業場ではなく杏菜の家の庭を借りて、削りの作業をしていた。

(まあ、なんか二人っきりも変な感じだし)

華と関係を持ったあと、杏菜とはしていない。なんとなく華に対してはばかられる思いがあるし、一度お世話になると言っておいて自宅に戻ったという後ろめたさもあった。

だから杏菜と二人きりの空間にいると、作業に集中出来なかった。

「ん？」

大学で使う作業服にマスク姿でグラインダーを使っていると、そばに置いてあったスマホにメールの着信があった。

送り主は麻優だが、彼女はよほどの用事がない限り創也に連絡してくることはない。

『今日はお母さんもいないし、ちょっと怖いんだけど』

メールの文面にはそれだけ書かれていた。母は依頼を受けている事務所で打ち合わせ、華もいまの時間はまだ仕事だ。

ひとりで留守番が出来ない歳ではもちろんないが、兄をほとんど無視している麻優がわざわざ連絡をよこしてきたのだから、なにかあったのかもしれない。

「すいません、杏菜さん今日は家に戻ります」

もしかして近所に不審者でも出たのかと、創也は作業を中断して片付けを始めた。


自転車を飛ばして創也は自宅に戻った。そのくらい麻優が自分を頼ってくるのは久しぶりだ。

幼いころは兄のうしろをくっついてくる妹だったが、小学校高学年くらいからは距離をとられていた。

「どうした、なにがあった」

作業服のまま家に駆け込み靴も脱ぎ捨ててリビングに入ると、麻優はソファーに座って本を読んでいた。

ロングスカートにカットソー。リビングにいてもテレビを見ないのも、いつも通りの彼女だ。

「えっ、なにが？　なにもないよ。ただひとりで怖いって言っただけ」

こちらを向いた麻優は、瞳の大きな美少女顔をきょとんとさせて言った。

「ええっ」

ならばなぜわざわざ連絡をしてきたのか。創也のほうも驚いて作業服姿で立ち尽くした。

「いったい、どうなってんだよ」

とりあえず汗もかいてるし、全身に金属の粉が飛んでいるので、少々早いが風呂に入ることにした。

母のこだわりで造った広めの浴室のイスに座り、創也は頭を洗いながらぼやく。

（なんで突然、あんなメールを）

母も姉もいないのでおとなしい麻優が不安だというのはわかるが、家にひとりは以前にもあった。

高校生のころでも、今日のように兄を頼ってきた記憶はない。というか、ほとんど無視されていた。

(あれ以来おかしくなるばかりだよ……)

血の繋がりがないというのが発覚して以来、やはりというか家族全員がギクシャクしているし、関係性もかわったように思う。

ずっと仲が悪かった姉の華とどんな形にせよ心を通じ合えたのは嬉しいが、もう前のような家族というわけにはいかないのだろう。

(あっちの家にもまだ連絡出来てないしな……)

創也と実際に血の繋がった父と母には、考える時間が欲しいと言ったきりだ。

三森家に戻ってはいるが、このまま一緒に暮らしていけるのかという不安もあったのだ。

(麻優も嫌がってはないよな……そう思いたい……)

母は前と同じというか、それ以上に創也を気にかけているように感じる。麻優はかわらないというか、もともとそんなに仲のいい兄妹でもない。

ただ出ていって欲しいと思われていると辛いと思いながら、創也はシャワーでシャンプーを流した。

「兄さん」

もし嫌がられていたら出ていくしかないのかと考えていると、その麻優の声がうしろからして創也は驚いた。

同時に浴室のドアが開いた音がした。華ならともかく、麻優が創也が入っていると知りながら開けるなどありえない。

「ま、麻優、な、なにやってんだ」

驚いてうしろを振り返ると、そこには一糸まとわぬ姿の麻優が立っていた。

「こっち見ないで！」

「はっ、ごめん」

全体的に肉付きがよく、乳房は母親に似てかなりのボリュームがある。

腰回りもムチムチとした瑞々《みずみず》しい肉体につい目を奪われた創也だったが、麻優の怒鳴り声に慌てて前を向いた。

「ええ、違うだろ、なんでお前、裸で」

なにか用事があってドアを開けるまではわかる。だが、どうして妹が裸なのか。しかも見るなと怒っている。

もう理解が追いつかない創也が声をあげると、背中に柔らかいものが触れた。

「だから、なにやって」

浴室のイスに座っている創也の胸に、麻優の白い腕が回された。ということは、いま背中に押しあてられているのは麻優の乳房か。

「お兄ちゃん……」

兄の質問には答えず、麻優は乳房と同時に自分の顔も創也に押しつけてつぶやいた。お兄ちゃんというのは、麻優が幼いころに呼んでいた呼びかただ。

「お兄ちゃん、ずっと好きだった」

兄の背中にギュッとしがみつき、麻優は振り絞るような声で言った。創也の胸に回された手も小さく震えている。

「ええ、お前、好きって、ずっと俺とは会話も」

幼いころはお兄ちゃん子だったとはいえ、思春期に入ってからは麻優のほうから露骨に兄を避けるようになっていた。まったく意味がわからない。

「兄妹なのに好きになるのはおかしいって、わかったから。そんな気持ちを持っちゃだめだって思ったから」

姉の華とは違って饒舌《じょうぜつ》なほうではない麻優は、ボソボソと話しだした。

「話したりしたらお兄ちゃんに甘えたくなるから、兄妹なのに好きだって言ったら迷惑をかけるって」

子供のころからたくさん本を読んで、頭もよくて真面目な麻優は、兄にいけない気持ちを抱くということが、許せなかったのだろう。

だから、兄への禁断の想いをずっと秘めていたのだ。

「でももう血の繋がりはないってわかったから。きっと私がお兄ちゃんを男の人として意識してたのも……」

本能的に創也に血縁がないのだと感じ取っていたのかもしれないと、麻優は言った。

「だからお兄ちゃん、今日から麻優を女として見て」

最後は声を震わせながら、麻優は兄の身体をさらに強く抱きしめてきた。

ボリュームのある巨乳が背中に押しつけられて潰れる感触が伝わってくる。

「な、なあ麻優、いくら血の繋がりがなくてもずっと兄妹だったんだから……だめだって、こんなことは」

ひとつ屋根の下でずっと一緒だった兄と妹が裸で一緒に風呂にいるところを母が見たら、失神してしまうかもしれない。

いくらなんでも、と創也は自分の胸の下に回された麻優の腕をほどこうとする。

「お姉ちゃんとはしたくせに」

「えっ、ええっ、なんで!?」

創也の手を振り払うように白い腕に力を込めて、妹が珍しくはっきりと言った。

驚きのあまり見ないようにしていた背後の妹のほうを創也は振り返る。

「廊下に出たら声が聞こえてきてたし……」

創也の背中におでこをあてたまま麻優は顔を隠している。ただその声色から、恨めしげな感じは伝わってきた。

「のぞいてたのか」

自宅は壁も厚いほうだし、母や麻優は眠っている時間だからすっかり油断していたが、あれだけ激しい行為を姉としていたのだから、気づかれた可能性は充分にある。

ただ、いまさら後悔しても遅い。あのときはマゾ性を燃やす華に煽られて、創也自身もおかしくなっていたのだ。

「お姉ちゃんとして、妹とは出来ないなんて言わせないから」

麻優は身体を起こすと、振り返っている兄の唇を塞《ふさ》いできた。柔らかい唇が押しあてられたあと、ゆっくりと離れていく。

「お兄ちゃんを好きになったのは、私のほうが先なんだから」

麻優はそう言ったあともう一度唇を押しつけ、淫らに舌まで入れてきた。

「んんん、んく、んんんん……んんん」

強引に絡んできたねっとりとした舌に、創也もつい呼応してしまった。

強い思いを見せる妹を突き放すなんて出来ない創也は、身体をうしろにひねったまま ゆっくりと自分の舌も使った。

「んん……んん……ぷは……ああ、お兄ちゃん、こんなにエッチなキス、麻優はファーストキスなのに」

しばらく貪りあってから唇が離れると、麻優は恥ずかしげに頬を染めた。

真面目な妹は男と付き合っているという話も聞いたことがない。おそらくはすべて未経験のはずだ。

「もう無理するなよ麻優。外に出て」

キスも初めてということは、もちろん処女だろう。自分に対する気持ちは嬉しく思うが、おとなしい性格の妹がとんでもなく無理をしているのはわかっていた。

「やだっ、絶対にお兄ちゃんを麻優のものにするんだから」

なにか覚悟を決めたように叫び、麻優は大胆にイスに座る創也の前に回り込む。

動いた反動で、大きく波打つ白い巨乳や肉感的な身体が創也の眼前にきた。浴室の床に膝をついている下半身は太腿がしっかりと閉じられているが、薄めの秘毛がうかがえた。

「お、おい、麻優」

麻優は創也の腕を掴むと自分の胸にもっていく。染みなどひとつもない乳房の肌はみずみずしい感触だ。

丸みのあるたわわな肉房にピンクの乳首。乳輪は少し広いが清楚な性格とのミスマッチな淫靡さがなんともそそられた。

「お姉ちゃんより大きな、Hカップだよ」

整った唇を震わせながら、麻優は創也の手を乳房に押しあてる。張りのある肌に指や手のひらが深く食い込んだ。

「麻優……」

Iカップの母とGカップの姉の中間の乳房はなんとも柔らかい。ただそんなことを考えている場合ではない。

麻優の大きな瞳は、少し潤んだままじっと創也を見つめている。彼女が悲壮な覚悟でこんなことをしているのだというのが痛いほど伝わってきた。

「いいんだな麻優」

意地でも突き放すか、それとも受け入れるか。短い時間ではあるが懸命に考えたが、ずっと好きだったと告白してきた妹を拒《こば》むという選択は、どうしても出来なかった。

「うん」

麻優はさらに顔を赤くして頷いた。

「わかった、部屋にいこう」

彼女の手をしっかりと握り、創也はイスから腰をあげた。

「きゃっ、いやっ」

正面に麻優がいるままに立ちあがると、当然ながら肉棒が彼女の眼前にくる。

初めての男性器に、麻優は悲鳴を響かせて顔を両手で覆った。

「ご、ごめん」

よく考えたら自分が謝るのもおかしいように思うが、創也は股間を覆い隠して、丸くなっている妹に背中を向けた。

「恥ずかしい……お兄ちゃん」

創也の部屋のベッドにその白い身体を横たえた麻優は、ピンクになった顔を横に向けて消え入りそうな声で訴えてきた。

仰向けの胸板のうえでは、ほとんど脇に流れずに丸く盛りあがったHカップのバストが、息をするだけでフルフルと揺れている。

「じゃあやめるか？」

異性に裸を見られるのも、もちろん初めてなのだろう。激しい羞恥に肉付きのいい両脚を麻優は擦り合わせている。

大胆に風呂に飛び込んできたわりには、ちぐはぐな態度を見せている妹を、創也は少し虐《いじ》めてみたくなった。

「もういやっ、お兄ちゃんの意地悪」

ついに羞恥の限界を越したのか、麻優はまた両手で顔を覆った。

裸の女性がお兄ちゃんと自分のことを呼ぶ。その背徳感はゾクゾクするほど刺激的だった。

（俺もだいぶおかしくなってるな……）

ついこの間まで実の姉弟と思っていた華と関係をもち、いままた妹を抱こうとしている。

異常だと思うのに、興奮は止まらず、肉棒はすでにはち切れそうに昂ぶっていた。

（あらためて見るとすごい身体をしてるよな……）

横たわる麻優の身体は、乳房以外はスリムな華とは違い、全体的に肉付きがいい。

ただ十九歳の肌には強い張りがあって、締まるところは締まっている。太腿や腰回りがムチムチとしてるのは母親似だ。

(どうして母さんの身体を思い出すんだよ……いよいよおかしい)

先日、風呂からタオル一枚で飛び出してきた母の、ねっとりと脂肪が乗った感じの下半身。熟した女の色香をまき散らすその姿がふと頭に浮かんだ。

こんな状況で母のヌードを思い出す自分は、ほんとうに頭がおかしくなったのか。

「お兄ちゃん、どうしてじっと見てるのよお」

動きを止めて見入っている状態の兄に、麻優は耐えかねたように身体を丸めた。

上半身を横向きにして両膝を抱えるような体勢で、泣きそうになっている。

「ごめん、いくよ」

とっさのポーズだろうがお尻のほうが隠せない体勢のため、豊満な尻たぶの間からピンク色のものがのぞいている。

創也はそこに顔を寄せて唇を押しつけていった。

「ひっ、ひあっ、お兄ちゃん、なにしてるの、ちょっと、あっ」

驚きに目を丸くしている麻優にかまわずに、創也は舌を剝き出しの処女の裂け目に這わせていった。

ビラの小さなそこの上部に飛び出している突起を、舌で軽く転がした。

「あっ、いや、あああん、ああ、変な声が、あああ、出ちゃう、ああ、ああ」

初めての女の快感なのだろう、麻優はむっちりとした太腿をよじらせて喘いでいる。

その姿が妙に男の嗜虐心を刺激し、創也は激しく舌で妹のクリトリスを転がした。

「あああん、そんなに舐めたら、あああん、お兄ちゃん、恥ずかしい声が、ああ」

快感に逆らいきれない様子で麻優はどんどん声を大きくしている。両脚からも力がどんどん抜けていく。

創也はそんな妹の膝に手をかけて左右に割り開いていった。

「いやっ、あああ、だめえ、ああ、あああん」

脚を開かれて仰向けとなった麻優はかなり恥ずかしがっているが、創也の舌がクリトリスの突起を転がし続けているので、力が入らないようだ。

それを利用し、創也は麻優の両脚をM字開脚の体勢までもっていった。

「ひっ、あああ、こんな格好、あああん、あああ」

もう麻優は涙目になって恥じらっているが、創也は彼女への攻撃の手を緩めない。

舌のかわりに左手の指で軽く突起を摘まんでしごきあげる。

「ひいん、ひあっ、ああああ、だめ、あああん、あああ」

ビラも固いピンクの秘裂のうえで、指で挟まれたクリトリスが伸び縮みする。

多少、きつめの責めにも思えるが、麻優は瞳に涙を浮かべながらも、唇をこれでもかと割り開いてよがり続けている。

(けっこう感じやすい……というかエッチなことへの感受性が強いのかな)

バージンであるというのは嘘ではないだろう。ただクリトリスへのしごきあげをけっこうきつくしても、麻優は苦しんでいる様子は見せない。

あらためて身体を起こした創也は、左手は動かしたまま、仰向けの妹を見つめた。

「あああ、お兄ちゃん、あああん、おかしい、私、ああ、はあああん」

両腕を胸のところに寄せてHカップのバストを絞るようにしている妹の顔は、快感に歪み、開いた唇の奥には舌までのぞいていた。

姉も責められるほどにどんどん牝の姿になっていったが、見た目はあまり似ていなくてもこういうところは同じなのか。

「もっといやらしくなるんだ、麻優」

普段とはあまりに違う姿を見せる美少女に、創也も一気に興奮していく。

真面目で愛らしい妹は、どこまで乱れた姿を見せるのだろうか。

(こっちも……)

そして創也は少し口を開き気味にして愛液を溢れさせている膣口を見た。こちらも処女とは思えない反応を見せていて、ピンクの肉はもうドロドロだ。

そこに空いている右手の指を一本だけ押し込んでいった。

「ひっ、ひあっ、そんなところ、ああ、ああ、お兄ちゃん、いやっ、ああん」

処女地に入ってきた男の指に麻優は大きく目を見開き、いやいやをするように腰を横によじらせた。

当然の拒絶反応とも言えるが、クリトリスの快感が続いているのだろう、動きに力がなく、喘ぎ声も艶めかしい。

「麻優の中、すごく溶けてるよ」

あえてそんな言葉をかけながら、創也は指を二本にして前後にピストンした。

「あっ、いやあああん、あああ、ああん、お兄ちゃん」

肉芽のしごきあげを少し緩くして、媚肉を中心に責めていく。もちろんだが、入れているのは第一関節くらいまでだ。

処女膜の奥までは入れられないからだが、麻優はここでも強い反応を見せている。

「あああん、あああ、だめえ、あああああ」

もう開いた脚を押さえられてはいないが、麻優は大きく股間を晒したまま、胸板のうえで巨乳を波打たせて喘いでいる。

全身も朱に染まり、ピンクの乳首は尖り、瞳も虚ろになっていた。

(バージンでも中が気持ちいいんだな)

処女の相手をするのは初めてだ。自分のモノが大きすぎるのもわかっているから、少しでもここをほぐしておこうと思った指ピストンだったが、妹はかなり快感を得ている様子だ。

そして充分すぎるほどに膣口が開き、下のシーツにまで愛液が滴《したた》っていた。

「麻優……」

創也はそっと麻優の肉芽と膣口を責めていた手を離した。そしてあらためて白く肉感的な妹の太腿を抱えた。

「ああ……お兄ちゃん」

それで麻優も理解したのか、はあはあと息を荒くしたまま兄を見あげてきた。

「ほんとにいいんだな」

ずっと創也の股間のモノはいきり立ったままだ。正直、目の前の女体とひとつになりたいと脈打っているくらいだが、それを堪《こら》えて妹に向き合った。

「うん……お兄ちゃんに女にして欲しいんだよ、麻優は」

緊張している顔で無理に笑みを作って麻優は、大きな瞳で兄を見つめ返した。

かなりの覚悟を決めて言っているのはわかる。そしてずいぶんと久しぶりに彼女が自分のことを下の名で呼ぶのを聞いた。

「わかった。いくぞ」

創也は麻優の脚をしっかりと固定し、初々《ういうい》しいピンクの裂け目に向かって怒張を押し出した。

「来てお兄ちゃん、あっ、くうっ」

硬化した亀頭が膣口に押し入ると麻優は、仰向けの身体を大きく弓なりにして白い歯を食いしばった。

充分に濡れている感触はあるが、処女の媚肉は男を押し返そうとするかのようにきつく締めあげてきた。

「ゆっくりいくからな、麻優」

明らかに痛そうにしている妹を見ていると、気持ちが引けそうになるが、兄の自分が逃げるわけにいかない。

腹を括《くく》りつつ創也はじっくりと怒張を進めていった。

「あっ、あああ、お兄ちゃん、あああ、くうん」

自分の脚を支えている兄の手に、白く小さな手を重ねて麻優は懸命に耐えている。

亀頭が狭い膣道を引き裂きながら、真ん中の辺りまで達した。

そこに硬く狭い粘膜の感触があり、少し押し返される。

「麻優いくぞ、最後まで」

それが処女膜であることを亀頭の感触で感じ取った創也は、一度腰を止めて言った。

「ああ、来て、あああああ、お兄ちゃん、好きよ、ずっと大好き」

もう涙に濡れた瞳を向けながら、麻優は声を絞り出した。そして創也の手の甲のうえにあった指を絡みつけるように握ってきた。

「うん、僕も好きだ、麻優」

少し無責任な発言のようにも思うが、そう言わずにはいられなかった。

ずっと好きだと言ってくれた愛らしい妹に、創也も感情が昂ぶる。そしてその思いのままに肉棒を一気に突き出した。

「ひあっ、あっ、あああああ、ああ、くうううう」

処女膜を引き裂いて逸物が膣奥にまで達した。濡れきった媚肉を大きく押し広げながら、麻優の中を満たしきる。

白くムチムチとした両脚を震わせ、巨大な乳房が弾むほど背中をのけぞらせながら、麻優は苦しげに喘いでいた。

「はあはあ、入ったぞ、麻優。ひとつになったよ」

いつしか創也も息を弾ませながら、妹の手を強く握り返した。

「う、うん、ああ、あ、嬉しいよ、お兄ちゃん、うう」

辛そうな表情はしているものの、麻優はすがるような目で兄を見あげてきた。

「ねえ、お兄ちゃん、最後まで、して……」

瞳は涙に濡れているのでかなり苦しいはずなのに、麻優は懸命に訴えてきた。

胸板が大きく上下していて、丸く盛りあがったHカップのバストと、ピンク色の乳輪がフルフルと揺れている。

「うん、ゆっくりするからな」

儚《はかな》げな表情と艶めかしく波打つ巨乳に、創也は躊躇する気持ちと昂ぶる欲望を同時に抱く。

ただ妹の気持ちを考えると、自分がビビッたりするのは申し訳ない。だからせめて苦痛を少なくしてやろうと、スローなピストンを繰り返した。

「あっ、あああ、お兄ちゃん、あっ、くう、あ、ああ」

媚肉のほうは変わらず押し返すような締めつけをみせている。ただ愛液は大量に溢れているので、そこに亀頭が擦れる快感に腰が震える。

男の本能で強いピストンをしたい思いに囚《とら》われるが、それに耐えて小刻みに怒張を動かし続けた。

「くうん、あっ、ああ、あ、おかしい、あ、ああ、お兄ちゃん、私、あ、ああ」

しばらくそれを繰り返していると、麻優の声色が少し変わってきた。

可愛らしい美少女顔もさっきまで青ざめていたが、いまはほんのりとピンク色に上気していた。

「あっ、あああ、はうっ、ああ、奥は、あ、いやっ、あっ」

少し強めに膣奥に肉棒を押し込んでみると、肉感的な上半身がビクンと跳ね、巨乳がブルンと弾んだ。

いやという言葉を麻優は口にしているが、それが痛みや苦しみからではないのは、なんとなく伝わってきた。

(感じ始めているのか？)

創也自身も処女を相手にするのは初めてだからわからないが、麻優は杏菜や華と同じように膣奥でも快感を得ているのか。

初体験でどこまで感じられるのかはわからないが、創也はそのまま徐々にピストンのスピードをあげていった。

「あっ、ああ、だめ、あ、ああ、ああ、また変な声が、ああ、出ちゃう」

麻優の声が艶《つや》っぽくなっていくのにあわせるように、膣奥からさらなる愛液が溢れ出して亀頭に絡みつく。

上下左右から押し寄せる膣肉に絞られ、さらにそこに粘液が絡みつき、創也は頭の先まで痺れていた。

「ああ、麻優、もっと気持ちよくなってくれ」

一気に女として開花していく妹の肉壺に溺れながら、創也は波打つHカップに手を伸ばし、乳首を摘まみながら揉みしだいた。

腰の動きも本能的に速くなっていて、怒張がぱっくりと開いた秘裂を長いストロークで出入りしていた。

「あっ、ああ、私、あああ、おかしい、ああん、変になってる」

整った唇を半開きにした麻優は、戸惑った顔を左右に振っている。

長い黒髪がベッドのうえで乱れ、汗に濡れた頬にはりついていた。

「いいんだ、それで。変になれ、麻優」

創也は二つの巨乳に指を食い込ませ、腰を激しく振りたてた。愛液はさらに量を増して、結合部から粘っこい音が響き渡る。

「あああっ、あああん、私、あああ、これ、ああ、気持ちよくなってる、あああん」

初めての快感に麻優は翻弄《ほんろう》されている。兄の腕をしがみつくように摑み、白い歯をのぞかせながら悩ましい嬌声を部屋に響かせた。

「あああっ、はあああん、ああ、いい、ああん、気持ちいいよう、お兄ちゃん、ああ」

もう快感を否定することなく麻優は感じ続けている。好意を隠すためとはいえ、冷たい態度をとり続けていた妹のよがり泣く顔は創也の気持ちを昂ぶらせる。

「うう、俺も麻優の中、すごくいい、もう出そうだ」

姉に続いて妹とも禁断のセックスをしているという背徳感、そして強い処女の締めつけ。自分でも少し驚くような早さで創也は達しようとしていた。

「あああん、お兄ちゃんの、ああ、好きにしてえ、ああ、あああああ」

麻優はときおり背中をのけぞらせながら、懸命に訴えてきた。

かなり感じている様子だが、このまま創也が粘っても絶頂まではいかないように思える。

ならば早めに射精したほうがいいように思えた。

「おお、麻優、じゃあお前のお腹のうえに出すぞ、おおお」

もちろんだが膣内で射精するわけにはいかない。外出しを決めて創也は力強く腰を振った。

「ああ、お兄ちゃんなら、あああん、中でもいい、ああん」

「だめだって、くう、もう出る、うっ」

喘ぎながら妹は訴えてきたが、まさか中出しするわけにいかない。

肉棒が昂ぶりきった瞬間に麻優の中から引き抜き、お腹のうえで竿をしごいた。

「きゃっ」

白い粘液が飛び出し、麻優のお腹や丸い乳房に降り注ぐ。初めて見る男の射精に麻優は目を丸く開いていた。

（あ、だめだ、変に興奮してる……）

清楚で真面目な妹の身体を自分の精液で汚していると思うと、創也は変態的な興奮を覚えて快感に腰を震わせる。

射精もなかなか収まらず、白い粘液が巨乳の乳首から重量感のある下乳の辺りにまで大量に滴っていた。

「ああ……お兄ちゃんの……熱い」

こちらもなんだかうっとりとした瞳で、麻優は自分の身体にまとわりつく精液を眺めている。

半開きの唇から舌が少し出ていて、それがなんとも色っぽかった。

「ごめんな、麻優、いっぱい出して」

もうお腹から乳房まで粘液まみれにしてしまい、創也は射精が収まるのと同時に頭を下げた。

「いいよ、お兄ちゃんの出したものだと思うとなんだか、嬉しい。うふふ」

汗に濡れた顔に笑みを浮かべた麻優は、お腹のうえの精液を指でかき混ぜるような仕草を見せた。

同時にピンクの舌が唇をゆっくりとなぞっていった。

「麻優……」

妖しさをもった色香を見せつける妹に、創也はまた背中を震わせた。

そんな二人の下にあるベッドのシーツには、処女の証しである鮮血の染みが広がっていた。

第五章　巨乳姉妹のアクメ啼き

休日前の夜。創也が風呂からあがってくると、偶然、家族全員がリビングに集まる形になった。

華はいつもと同じようにソファーに座ってテレビを見ている。

妹の麻優はいつも部屋にいることが多いのに、今日は学校に提出するものだろうか、なにかの書類をテーブルに置き、母と一緒に記入していた。

(うわあ……居づらい……)

肉体関係を結んでしまった二人の女が同じ空間にいる。しかも自分とは血の繋がりはなくとも姉弟だ。

そのうえに母親までいるのだ。創也はすぐに逃げようと後ずさりした。

「あっ、創也くんの好きなアイスあるよ」

いつものように母はテーブルから立ちあがって、冷蔵庫から棒付きのアイスクリームを持ってきてくれた。

もともと世話好きの人なので、少し煩《わずら》わしさを覚えるくらいに息子にかまう。それは、血縁がないとわかる前よりもかいがいしくなっている気がした。

「あ、ありがとう」

笑顔で袋まで剝いでくれた母に、創也は部屋に戻りますとは言いづらくなった。

仕方がないので、華がテレビを見ている三人掛けソファーの反対側の端に座った。

リビングの入口から歩いてそこに向かう間に麻優と目が合う。

彼女はなにも言わずに少し微笑んできて、創也はやばいと背筋が寒くなった。

(とにかく急いで食べて部屋に逃げよう)

麻優は創也が華と関係があるのも知っている。だからなにか言い出したらと思うと、せっかくのアイスも味がしなかった。

「あ、それ美味《おい》しそうじゃん、ちょっとちょうだい」

一口かじったところで、三人掛けの大きなソファーの反対側で黙ってテレビを見ていた華が身体を寄せてきた。

Tシャツにショートパンツのスレンダーな身体の前で巨乳を弾ませながら、明るい色の髪を指でよけて顔を突き出してきた。

「あっ、ちょっと」

その動きがあまりにスムーズで、驚いている間にパクリと食べられてしまった。

彼女はTシャツの上半身を横から創也に密着させていて、滑らかな腕の肌が触れ、髪から甘い匂いがしてきた。

「うふふ、いただき」

少しいたずらっぽく笑って、華はこっそり創也の太腿を軽く指で掻いてきた。

（ひ、ひえええええ）

ソファーは母と麻優に背を向けているので見えないが、創也はもう生きた心地がしない。

もともと華は弟に身体を寄せるようなまねはしたことがないし、厳しい態度をとってばかりだったというのに。

「もうこの際だからはっきり言っとくけど。お姉ちゃん」

笑顔の華に青ざめる創也のうしろで、突然、麻優がテーブルを叩いて大声をあげ、イスを吹っ飛ばして立ちあがった。

「な、なんだよ」

日頃はおとなしい麻優の豹変ぶりに、母は目を見開いたまま固まっている。

華もびっくりしているようだが、さすがというか言葉を出している。創也はといえば、ソファーに座ったまま振り返るのが精一杯だ。

「私もしたから。お姉ちゃんだけのものじゃないからね、お兄ちゃんは」

大きな瞳でソファーに座る姉を睨みつけたまま、麻優は堂々と宣言した。

家にいるときもあまり露出的でない格好を好む麻優だが、薄手のワンピースの胸元は立ちあがった勢いで弾んでいた。

「あ、あの、麻優ちゃん、その」

揺れる乳房に目を奪われている場合ではない。なんとかこの場をごまかしたいが、うまい言葉など創也に思いつくはずもなかった。

「へえー、どういうことだ？　創也」

華も麻優の言葉を聞いた瞬間だけは目を見開いていたが、恐ろしくなるような笑みを浮かべてそばにいる創也のほうを見てきた。

「あ、あの、そのですね……あの」

もちろんだが言葉など出るはずもない。そして華はそんな弟の態度を見てすべてを察したのか、ゆっくりと立ちあがった。

「おもしろいじゃないか。ライバル宣言とはいい度胸だ。私も簡単に引き下がらないからな」

もう華の目は完全に元ヤンのころに戻っている。これは明らかに本気だ。

「したって、なにを……ええっ？」

そしてもうひとり、母の優花は麻優の隣に座ったまま、周りをキョロキョロと見回している。

男女関係には疎《うと》いタイプだから、わけがわからない様子だ。

「セックスをしたってことだよ。私も麻優も、創也とね」

母にそう言いきったあと、華はソファーのうえにいる創也を見つめてきた。

（こ、殺される）

自分と同時に妹とも関係を持っていた創也を、華が許してくれるはずはない。あとでどんな目にあわされるのかと創也は震えあがった。

「ええっ、きょ、姉弟でしょ、あなたたち、ええ、どういうこと」

予想はしていたが優花はただパニックになるばかりだ。もう彼女の理解の範疇《はんちゅう》を超えているのだ。

「兄妹でも血の繋《つな》がりはないなら結婚だって出来るよ、お母さん。私、お兄ちゃんのことが大好きだから」

どこか覚悟を決めた様子の麻優は、そばにいる母を見下ろしてはっきりと言いきった。

「ふん、まあぁんたずっと創也のこと好きだったもんな、このブラコン」

華は笑顔のままそう言った。もしかして華は、麻優が創也のことを男として好きだというのに気がついていたのかもしれない。

「それはお姉ちゃんだって同じでしょ。お兄ちゃんと二人で撮った写真を何年もスマホの待ち受けにしてるくせに」

「ば、ばか、それは、そんな意味じゃない」

返す刀の麻優の言葉に、華は声をうわずらせる。どんな意味で待ち受けにしていたのかは、一瞬で真っ赤になった華の顔を見たらすぐに察せられた。

「てめえ、いい加減にしろよ。言いたい放題言いやがって」

「脅《おど》したって絶対に譲らないから」

華が妹を相手に凄んだのは初めて見た。そしてこちらも普段の物静かな姿とは別人のように麻優も闘争心を剝き出しにしている。

そもそもこの二人の姉妹げんかなど、幼かったころを通しても初めて見た気がした。

「創也くんを譲らないって、そんな、家族で」

姉妹は睨みあい、母はただひたすらに戸惑っている。混乱するリビングにテレビからの笑い声が、不似合いに響いていた。

「それで私のところに来たってわけ、ふーん、うちは避難所じゃないんだけど」

結局、姉妹げんかは、麻優が負けないから、と捨て台詞《ぜりふ》を言ってリビングを出ていって終了した。

創也もとてもその場にいられずにリビングどころか、家から逃げ出してきた。

半ばパニック状態だった母を見捨てたようで気が引けるが、部屋にいたら二人が揃ってやって来て第二ラウンドが勃発しそうで怖かった。

「す、すいません」

飛び出しても行く先は杏菜の家しかない。すでに夕飯や風呂もすませている様子の彼女からはシャンプーの香りがする。

服装も薄いタンクトップにフリルのついたショートパンツというセクシーな姿だが、欲情する気持ちになどなれるはずもなく、創也はソファーでうなだれていた。

「ふふふ、でも二人ともしちゃうなんてやるじゃん、このヤリチン」

「ヤ、ヤリチン」

ろくにちゃんと女性と付き合った経験もないというのに、そんな風に言われて創也は驚きに目を剝いた。

杏菜にはすべての事情を話した。言わないのはフェアではないと思ったからだが、この美熟女は嫉妬するわけでもなくニヤニヤと笑っている。

「まあ、私はいいけどね、この子ががんばってくれたら」

こちらもすでに着替えて、部屋着のTシャツにハーフパンツのままの創也の股間を指でつついて、杏菜は笑顔を見せた。

「い、いや、さすがに今日は」

姉妹と関係を持ってしまって家を飛び出してきた日に、さっそく他の女性とするなど、人としてどうかと思う。

いくらなんでもそれはと、腰をうしろに引いて逃げようとした。

「えー、それじゃあ私ってただの都合のいい女じゃん。困ったときだけ利用されるみたいな」

不満げに唇と尖らせた美熟女は、小柄な身体をソファーに座る創也の膝のうえに跨がらせてきた。

もちろん挿入はしていないが、格好は対面座位の体位と同じで、二人の顔が近距離で向かい合った。

「都合よく利用するなんて、思ってないですよ。お金とか必要なら……」

いつも優しくしてくれる杏菜を自分のいいように使おうなどと、考えたこともない。

ただ、そう言われても仕方がない行動であるのは事実だ。

「うふふ、私が創也くんからお金なんかもらいたいと思う？」

タンクトップから白い肌や豊満な胸の谷間をのぞかせている杏菜は、淫靡な笑みを浮かべたまま創也の首に腕を回してきた。

風呂あがりの、まだ熱を持った肌が触れてくる。

「わかってますけど、それは」

杏菜は自分でもかなり稼いでいるうえに、亡くなった両親からの遺産もけっこうあったらしいのだ。

創也にも奨学金を借りるくらいなら、私がいったん立て替えるからとも言ってくれた。

「でもいいのよ、私、好きな人にはつくしたいタイプだから」

妖しい口調で囁きながら、杏菜は創也の首筋にキスをしてきた。

タンクトップからこぼれ落ちそうな巨乳が、創也の身体に押しあてられていびつに形を変えている。

「僕はほんとうに、利用しようなんて……」

「わかってるって、でもここにいるときは私のほうだけを見て」

杏菜は唇をゆっくりと近づけてくる。創也ももう拒絶はせず、されるがままに舌を絡ませていった。

「んんん、んく、んんんん」

ヌチャヌチャと粘着音が夜のリビングに響く。杏菜は創也の口を強く吸いながら、手を肉棒に伸ばしてくる。

こういうところはそつがないというか、創也がいま部屋着のゴムのズボンであるのをいいことに、中に直接手を入れてきた。

「んんん、んく、んん」

杏菜の指は巧みで、肉棒を絡め取るようにしごいてくる。

キスをしているために鼻から激しく息を漏らして、創也は腰をよじらせる。ズボンがずれ、二人の間で怒張が勃ちあがった。

「んんん、ぷはっ、ああ、すごく固い……見てるだけでおかしくなりそう」

たっぷりと唾液を交換したあと唇を離した杏菜は、瞳を妖しく輝かせて笑った。

二重の目尻がとろんとなり、可愛らしい顔が一気に淫靡に乱れてくる。

「ああ、杏菜さん」

もちろん肉棒へのしごきもより甘美になっている。創也はソファーにお尻を擦るように腰をよじらせながら、自分の指を彼女のショートパンツの中に入れた。

「あっ、創也くん、あっ、そこは、あ、あああん」

クリトリスの前を通過して、指を一気に膣口に押し入れていく。

顔と同様に媚肉のほうも蕩けきっていて、粘っこい愛液が絡みついていた。

「もうドロドロです」

創也のほうも剝き出しの白い太腿を引き攣らせる杏菜に煽られて、ためらっていた自分を捨てて彼女のタンクトップをまくりあげた。

「乳首もこんなに」

膝のうえの杏菜の身体が動くたびに、ユサユサと弾んでいるGカップのうえまでタンクトップをあげ、もう片方の手で柔乳を揉みしだく。

そして色素の薄い硬化した乳頭に舌を這わせた。

「ああっ、両方は、ん、んんんん、ああん」

膣肉と乳頭の同時責めに杏菜は小柄な身体を震わせ、指を嚙んで身悶えている。

幼げな見た目の彼女は、こういう切なさそうな姿がよく似合った。

「もういきますよ」

肉棒はそんな美熟女の中に入りたくて脈打っている。秘裂から手を引き抜き、愛液にまみれた指で彼女のショートパンツと白のパンティを脱がせていった。

「あっ、ああ、来て、創也くん」

されるがままの下半身裸になった杏菜は、あらためてソファーのうえの創也の膝に股間を乗せてきた。

創也は杏菜のウエストを摑むと、小さな身体を持ちあげ、肉棒のうえに下ろしていった。

「あっ、はあああん、創也くんの、あああ、今日はいつもより、固い、ああん」

自分では自覚はないが、杏菜はそんなことを言って、鎖骨の下までタンクトップがまくれている上半身をのけぞらせた。

「杏菜さんの中がすごく熱くて、ああ、気持ちいいからです、うう」

熟した肉壺は大量の愛液が溢れかえっていて、亀頭に濡れた粘膜が強く絡みついてくる。

創也も快感の声を漏らしながら、彼女の身体を一気に下に落とした。

「ひっ、ひあああ、奥、あ、あああああ」

自分の体重ごと膣奥を亀頭に浴びせる形になった杏菜は、悲鳴のような声をあげて瞳を泳がせる。

対面座位で肉棒が収まりきると、創也はそのまま腰を使って彼女の身体を揺らした。

「あっ、はあああん、奥いい、あああ、すごいよう、あ、あああああん」

唇を半開きにしたまま舌までのぞかせ、杏菜はひたすら快感に溺れている。

創也の膝にむっちりとした桃尻がぶつかり、巨乳がブルンと踊る。

「僕も気持ちいいです、くうう、ううう」

もう夢中で怒張を下からピストンさせ、ほどよく引き締まったウエストを固定して亀頭を膣奥に突き続ける。

グチュグチュと粘っこい音が響き、中途半端に脱いでいる創也のハーフパンツに愛液が垂れているが、そんなものにかまっていられない。

「あああ、私、あああああん、創也くんので、あああん、狂ってるよう」

まだ少し濡れている髪を振り乱して、杏菜は何度も天井を見あげるほどのけぞる。

意識も怪しいのか、言葉も途切れ途切れだ。

「そんなに、いいんですか、僕のチ×ポが。チ×ポでどこが気持ちいいんです？」

興奮におかしくなりそうなのは創也も同じで、対面座位で乳房を踊らせる杏菜にそう投げかけた。

「あっ、あああん、オマ×コ、あああん、創也くんのおチ×ポで杏菜のオマ×コが悦んでるのよう」

熟《う》れた白尻を自ら揺すって創也の太腿に擦りつけながら、杏菜はためらいなく卑猥な言葉を叫ぶ。

年齢を重ねた女は大胆になるのか、それとももともと淫らな部分がそうさせているのか、杏菜は昂ぶるほどにその淫乱性を剝き出しにする。

（母さんも、してるときはこういう風になるかな……）

創也の周りで熟女はもうひとりだけ、母の優花だ。

あのタオルからはみ出すグラマラスな身体を踊らせて、母も泣き狂うのだろうか。

それを思うと、なぜか創也は胸の奥が締めつけられ、同時に肉棒が熱くなるのだ。

「あ、あああん、創也くん、あああ、他の人のこと考えてたでしょ、ああ」

創也のうえで巨乳を揺らしてよがりながら、杏菜が蕩けた瞳をこちらに向けた。

霊感などはないと言っていたが、杏菜は恐ろしいくらいに勘が鋭い。だから創作的な仕事に向いているのだろう。

「そ、そんなことないです、ちゃんと杏菜さんを見てます、おおお」

お見通しかもしれないがそんな言い訳をしながら、創也は激しく肉棒を突きあげた。

「あああん、あああ、すごい、ああああ、大きいのがお腹の中まで来てるよう」

見た目だけでなく杏菜は声も少し高くて可愛らしい。そんな彼女は子供の泣き声のように喘ぎながら怒張に溺れていく。

こちらは熟した女らしい、たわわなGカップは乳首を勃たせたまま、自由に踊り続けていた。

「あああああ、他の人のこと好きになってもいいから、ああ、私のことも忘れないで」

もう息をするのも苦しそうな様子なのに、杏菜は切ない目を向けて創也に言った。

「忘れたりなんか、しません、おおおおお」

杏菜が好きだという言葉は言えなかった。そのかわりに創也は全力で怒張をピストンさせた。

「ひあっ、あああ、はあぁん、もうイク、イッちゃう」

小柄な身体が創也のうえで弾み、巨乳も千切れそうに揺れて弾《はじ》ける。

怒張を飲み込んだ結合部からは愛液が飛び散り、もうドロドロの膣奥に亀頭が激しく食い込んだ。

「はあああん、だめえ、あああああ、ああん、中に、ああ、薬あるから、ああ、もう」

最後の力を振り絞るようにして杏菜は叫び、創也の肩を摑んで身体を支えながらのけぞった。

自然と彼女の腰が突き出される形になり、怒張がより深くに打ち込まれた。

「イクうううううう」

いままでいちばんではないかと思う雄叫《おたけ》びをあげて、杏菜は絶頂を極めた。

濡れ髪の頭がガクンとうしろに落ち、白い身体のすべてが痙攣している。

「うう、僕もイキます、くうう」

そんな美熟女の身体を抱き寄せ、創也も腰を震わせる。

濡れた肉が押し寄せる中で快感に怒張を震わせながら、熱い精を放った。

「ああっ、いい、あああん、創也くん、ああ、たくさんちょうだい」

膣奥に精液が発射されるたびに、杏菜は崩れた顔で甘い声をあげ、巨乳を波打たせながらさらに腰を突き出す。

どこまでも貪欲な美熟女の膣は、最後の一滴まで搾《しぼ》り取るように収縮してきた。

「くうう、はうっ、すごい締めつけ、うう、まだ出る」

別の生き物と化したような媚肉の中に、創也は何度も熱い飛沫《しぶき》を浴びせ続けた。

杏菜と激しく求め合ったあと、クタクタに疲れた創也はそのまま深い眠りについた。

翌日は大学が休みで、ゆっくりと眠ったあとは、杏菜の仕事の手伝いをする予定だった。

「ごめんね、起こしちゃって。でも」

杏菜の家のベッド。もちろん普段は彼女がひとりで眠っているそこで、創也が目を覚ますと、すでに着替えもすませている杏菜がいた。

「はい……いま何時ですか」

なんとなくの感覚だが、まだけっこう早朝なのはわかった。目を擦りながら身体を起こすと、杏菜のうしろに二人の人影があった。

「ええっ!?」

寝室のドアのところに並んで立っていたのは、華と麻優だ。パンツ一枚で寝ていた創也は慌てて掛け布団で自分の胸のところを隠した。

映画などで、行為の最中に誰かが入ってきたときに、女性がやるリアクションをとっさにしてしまった。

「なにしてんの、あははは」

びっくりするあまり、隠す必要のない胸を布団で覆った創也を見て、杏菜は爆笑している。

だが華と麻優は笑っていない。そもそも二人は昨日大げんかしていたはずだ。

「すぐに誰かを選べなんて言わないから、とにかく帰って来い」

カットソーとロングパンツ姿の華が静かに言った。シンプルな服装だが長身でスリムな彼女にはよく似合っている。

「お母さんが……ううん、お兄ちゃんがいない家なんて麻優いやだよ」

その隣では、清楚なワンピース姿の麻優がもう泣きそうな顔になっている。

化粧っ気などまるでないのに頬が窓からの朝の光に輝いていた。

「姉さん、麻優」

心配そうにこちらを見る姉妹に創也も胸を打たれていた。自分のことだけを考えて逃げ出した己《おのれ》が恥ずかしかった。

「すごーいモテモテじゃん。これは帰ってあげないとねえ」

そんな姉妹を見ながら杏菜はニヤニヤと笑っている。笑えるような状況ではないと思うが彼女は楽しそうだ。

「まあ創也くんが誰のものにもならないのは、私も大歓迎だよ、うふふ」

そう言って淫靡な目を、ベッドでまだ胸を隠して座る創也に向けた。

この言葉と同時に華と麻優の顔が引き攣った。杏菜とも肉体関係があると姉妹もわかっているからこその反応だ。

（ひぃぃぃい）

意味ありげな目で華たちを見る杏菜と、お前は関係ないとばかりに睨みつける華。

いまにもなにかが始まりそうな雰囲気に、創也は震えあがった。

「まあ、とにかくお家《うち》に帰りなさい、今日のところは」

さすがというか姉妹の敵意を受け流すように、杏菜は創也の背中を平手で叩いた。

「痛あ」

痛みと驚きで創也はベッドから飛び降りて立ちあがった。なにか別の感情がこもっているような強さがあった。

「いくぞ、創也」

そばにあるイスのうえに畳まれていた創也の服を麻優が手にとり、華は腕を引っ張ってきた。

「またねー創也くん」

杏菜は軽い調子で手を振る。またねという言葉に反応して振り返る華の腕を、こんどは創也が引っ張って寝室をあとにした。

帰宅したあと、創也はとにかく母に土下座をした。母はなにも聞いてこなかった。ただ一言、もう家出をするのはやめてと言われたので、創也は絶対にしませんと答えた。

そして夜になり、どこかギクシャクとした夕食をすませて部屋に戻ると、姉の華がやって来た。

「あのおばさんに、どんな風に気持ちよくしてもらっているんだよ？」

ベッドに座る創也の隣に腰を下ろした華は、いつもようにTシャツにショートパンツの身体を寄せてきた。

剥き出しの白く長い美脚が眩しいが、突拍子のない質問に焦って、じっくり見ている気持ちにはなれない。

「どんなって、普通にしてるだけだって」

当たり前だが杏菜とこういうセックスをしてますなどと、言えるはずがなかった。

だからとっさに出たのは普通という言葉だった。

「ほんとうか？　熟女のテクニックはすごいっていうからな。ものすごいことしてもらってるんじゃないのか？　んんん」

口ごもる弟に華は少しくやしそうに言うと創也の部屋着の半パンを引き下ろしてパンツもずらす。そして飛び出した肉棒にねっとりと舌を這わせてきた。

「ほんとうだって、信じてくれよ、ううう、くうう」

確かに杏菜は熟した女らしいねっとりとした舌使いなどをみせるが、見たこともないようなテクニックで責めてくるわけではない。

華はどうやら、杏菜が熟練の風俗嬢のような技巧で創也を責めて、快感の虜にしていると勝手に想像して嫉妬しているようだ。

「あのおばさん、なんだか自信ありげだったしな、んん、私たちには負けないって」

あの時の杏菜の口調は、どこか挑発する感じだった。それが気の強い杏菜の反抗心に火を着けたのか。

完全にライバル心を燃やしている華は創也の亀頭を激しく舐めてきた。

裏筋や亀頭から張り出したエラに唾液を絡みつかせながら、舌を高速で動かす。

「あうっ、くううう、それはっ、姉さんの気のせい……ううう」

嫉妬や女の意地がこもった凄まじい舌使いに、創也はベッドに座る身体をよじらせる。

あっという間に肉棒全体がジーンと痺れ、快感に両脚が引き攣った。

「私も創也が気持ちよくなってくれるならなんでもするからな。どんなプレイでも」

創也の股間に横から上半身の浴びせている華は、こんどは唇で亀頭を包んでしゃぶり始めた。

熱のこもったフェラチオでグチュグチュと唾液の音があがる。

「くうう、うう、いまでもたまらないくらい気持ちいいよ、姉さん、うう、すごい」

温かい口腔の粘膜が敏感な亀頭をしごきあげる。加えて、強気で厳しかった姉のなんでもするという発言。

もう身体も心も一気に燃えあがり、創也は痺れる肉棒に身体を任せていた。

「んんん、ぷはっ、でもほんとうに大きいな、お前の。あごが痛いよ」

ゆっくりと身体を起こした姉は、唾液に濡れ光る唇を微笑ませる。その間も指で剝き出しの亀頭を優しく揉んでくる。

「肉の凶器だよ。でもお前のだと思うと身体が熱くなるんだ……どう、喉の奥まで入れてみるか？」

そして切れ長の瞳を淫靡に輝かせて創也を見つめてきた。

いつもと同じTシャツ姿だが、今日はそのデザインが身体にフィットしたもので、ノーブラとおぼしきGカップにぴったりとはりついている。

その頂点にある二つの乳頭は華の昂ぶりを示すように勃起し、ボッチの形がやけにくっきりと浮かんでいた。

「お……奥……」

華には被虐的《ひぎゃくてき》な性癖がある。その欲望を全身から淫気として漂わせながら蕩けた瞳を向けてくる姉に、創也はごくりと喉を鳴らした。

「奥ってどういうこと？　お姉ちゃん」

そのとき突然、部屋の扉が開いてパジャマ姿の麻優が現れた。

「うわっ、なにしてんだ」

突然、現れた妹に創也は慌てて股間を隠した。

「なんだよ、寝てたんじゃないのかよ」

狼狽える創也に対し、華のほうは妙に冷静な感じで麻優を見ている。その落ち着きがかえって怖かった。

「鼻歌歌いながら廊下を歩いていったら誰でも気がつくわよ。お兄ちゃんが帰ってきた日に早速なんて、見境がないんだから」

反抗心丸出しの口調で麻優は姉に食ってかかっている。創也の肉棒で女になって以降、麻優も少し性格が変わっているように思えた。

「そんなの歌ってねえよ。お前だってのぞきだろうが、出ていけよ」

もちろんだが華も負けてはいない。二人の間にまた険悪な雰囲気が流れ出した。

「脅されたって負けないもん。私のほうがお兄ちゃんを気持ちよくさせるんだから」

言い合いになるかと思われた瞬間、なんと麻優がパジャマの前を一気に開き、こちらはノーブラのHカップを剝き出しにした。

少し乳輪が大きめの薄ピンクの乳首を丸出しにした麻優は、下も脱いで白のパンティだけの姿になった。

「私だっていろいろと勉強したんだからね、お兄ちゃん」

さらにそのパンティも脱いで、秘毛の薄い股間まで晒して麻優はベッドに座る兄に駆け寄った。

むっちりとした白いヒップと、豊満すぎるHカップの巨乳を弾ませる清純な顔立ちの美少女。

あまりの光景に華と創也があっけにとられる中、麻優は自ら二つの肉房を持ちあげて創也の怒張を挟み込んできた。

「うっ、麻優、そんなの、どこで」

この間まで処女だっただけでなく、性の知識もなかったように思える真面目な妹が、大胆にパイズリを始めた。

戸惑いながらも、フワフワの柔肉に肉棒がしごかれる快感に創也は声を漏らした。

「お兄ちゃんに気持ちよくなって欲しかったから、経験豊富な友達に聞いたんだよ。恥ずかしかったけど」

少し頰を赤く染めた麻優は、床に膝立ちのまま、怒張を挟み込んだ肉棒をしごくスピードをあげてきた。

「ま、麻優、くうう、嬉しいよ、うっ、はうっ」

おとなしくて真面目な麻優が友人にそんな質問をするのは恥ずかしかったろう。そして、バストで肉棒を悦ばすという行為にも羞恥を感じているはずだ。

それでも懸命に奉仕してくる妹に、創也はさらに昂ぶっていった。

「ちょっとまて、二人だけで盛りあがるなんて許さないからな」

当たり前だが、お預けをされた状態になった華が黙っているはずがない。

Tシャツやショートパンツを次々に脱ぎ捨てて全裸になった華は、麻優を押しのけて、顔を肉棒にかぶせてきた。

「くうう、はうっ、ううう」

パイズリのあとにぬめった舌と口腔の粘膜で擦りあげられ、創也は座ったまま腰を突きあげるようにして声を震わせた。

この世のものとは思えない甘く激しい快感に、頭がおかしくなりそうだ。

「もう、私がしてるでしょ」

幼いころから見せたことがない、わがまま娘のような態度で、麻優が姉の肩を押した。

「な、なんだよ、乱入してきたのはお前のほうだろ」

いつも姉から一歩下がる感じだった妹の豹変ぶりに華も驚いている様子だが、ただ引こうとはしない。

麻優を睨みながらも、手はしっかりと創也の逸物を握っている。

言い争いをする二人の美女の前で、丸く張りの強い巨乳がブルブルと揺れていた。

「もうわかった。なら、二人とも同時にする」

二人分の丸出しの股間や乳房が目の前で動きまわる中、創也は頭の中でなにかがプツンと切れた。

自分でも出したことがないような大声をあげて、創也は勢いよく立ちあがった。

「きゃっ」

勢い余って華を突き飛ばす形になり、スリムな長身の身体がベッドに転がった。

「麻優も隣に寝るんだ」

創也は膝立ちの妹の腕を引いて立ちあがらせ、華の隣に寝させる。

シングル用のベッドに横向きで白く美しい女体が並んだ。

「脚もあげるんだ」

もちろんベッドから下半身ははみ出していて、二人の脚は床に伸びていた。

それを創也は掴むと、足の裏をベッドのうえに順番にあげていく。

「ああ、こんな格好、恥ずかしい」

二人横並びで仰向けに寝て、脚をM字開脚にして股間を晒した体勢になり、華は顔を真っ赤にして腰をよじらせ、麻優は切ない声をあげた。

「だめだって、丸出しじゃない……」

薄桃色の二つの性器が、ベッドの前に立つ創也の前に並んでいる。さすがの華も堪えきれないのか、消え入りそうな声を出しながら両腿を閉じようとした。

「閉じさせないよ」

創也は少し冷たい口調でそう言うと、自分から見て右側にある華の膣口に指を押し入れた。

「あっ、あああ、創也、だめ、あっ、はあああん」

「だめって言っても、もうこんなに濡れてるじゃないか」

指を二本、少々強引に押し込んだが、華の媚肉はクチュリと音を立て、あっさりと奥まで飲み込んだ。

「こっちもだ」

フェラチオをしながら燃えあがっていたのか、膣内は大量の愛液にまみれていた。

自分でもおかしくなっていると思う。創也は完全にブレーキが壊れたまま、向かって左側の麻優の透き通るように白く肉感的な二本の太腿の中央に向かって、左手の指を押し入れていった。

「ひあっ、お兄ちゃん、あ、はあああん、あああ」

さすがにこの前まで処女だった麻優の中にはゆっくりと指を入れたが、彼女はすぐに甘いよがり顔を見せてM字に開いた脚を震わせた。

すでに中も姉と同様に蕩けていて、狭い膣肉がグイグイと締めあげてきていた。

「この前までバージンだったくせに、なんていやらしいオマ×コなんだ」

会話をするのもためらっていた清廉《せいれん》な妹にこんなひどい言葉をかけているのが、ほんとうに信じられない。

ただ自分でも歯止めが利かず、声を張りあげながら狭い膣奥を二本指で愛撫した。

「あっ、あああん、だって、ああ、お兄ちゃんが、ああっ、あああん」

麻優のほうも見事なくらいに反応し、激しく喘ぎながら仰向けの上半身をよじらせている。

身体全体も一気にピンク色に染まり、女の色香をまき散らし始めていた。

「お兄ちゃんがなんだ？」

急激に牝になっていく妹の膣奥を、創也の指が掻き回す。奥からはどんどん愛液が溢れ出してきた。

「あああん、お兄ちゃんがこんな身体にしたのよう。大好きなお兄ちゃんにされたら、あああん、私の身体、止まらなくなっちゃうのお」

唇を半開きにした妹は、瞳を潤ませながら訴えてきた。そんないじらしい姿に、創也は強く胸を締めつけられた。

「あああん、創也、あああん、奥ばかり、ああ、だめっ、はあああん」

華のほうも激しい指ピストンに顔を歪めて喘いでいる。胸板のうえで張りの強いＧカップを踊らせながら目をさまよわせていた。

「ああ、創也、もう、あああん、欲しいよお、あああん、華に入ってきてえ」

長い脚をM字に開いて寝た身体をくねらせながら、華は両腕を創也のほうに伸ばして訴えてきた。

乱れていく妹にも興奮するが、プライドを捨てて肉棒を求める強気な姉の姿にも男の欲望をかきたてられた。

「うん、入れるよ僕のチ×チンを。麻優はそのまま待ってるんだ、指は止めないから」

創也は華の中から指を引き抜きながらそう言って、麻優の媚肉のほうは腕全体を使ってピストンした。

「はあああん、はいいい、あああん、あとで、ああ、麻優もお願い、あああん」

顔つきも言葉も子供のころと同じような感じで妹は叫び、巨乳を揺らして背中を大きくのけぞらせた。

ただ、自分を先にしてと言うつもりはないようだ。

「うん、じゃあ姉妹仲良く手を繋いで」

創也は二人にそう命じながら、華の膣口に亀頭を押しつけた。姉妹二人並んで手を握り合う中でセックスをすると思うと、さらに心が燃えた。

「う、うん、あっ、創也のが、あっ、あああ」

華のほうから手を伸ばして妹の白い手を握りしめた。それとほぼ同時に亀頭が膣口を押し開き、華の嬌声が部屋に響き渡った。

「姉さん、すごく熱いよ」

もう最大限に昂ぶっていた肉棒を、ドロドロに蕩けた媚肉が包み込んでくる。

M字開脚でベッドに乗った華の下半身へ向けて腰を押し出しながら、創也も声を出していた。

「あっ、創也のも、あああ、すごく固いよう、ああ、ああ、これ、あああっ」

亀頭が膣肉を引き裂いてさらに奥に進むと、華は背中を弓なりにして歯を食いしばった。

一見苦しんでいるようにも見えるが、膣肉の締めつけは強くなり、中からさらに愛液が溢れてきている。

「一気にいくよ、おお」

ぬめった粘膜が亀頭のエラを擦る快感に膝立ちの下半身を震わせながら、創也は膣奥に向かって怒張を押し込んだ。

「ひっ、ひぃん、あああ、すごい、ああああん、これえ、あああああ」

指責めで見せていたよがり顔をさらに崩壊させて、華はひたすらに悶え泣いている。

ベッドが軋《きし》むくらいスリムな身体が大きくうねり、巨乳と尖りきった小粒な乳首が大きく横に揺れていた。

「お姉ちゃん。だ、大丈夫？」

もうほとんど悲鳴のような絶叫をあげた姉に隣の麻優が目を見開いた。

この前までバージンだった彼女からすれば、いまの華の姿は苦しんでいるように見えたのかもしれない。

「あっ、あああ、平気、ああ、あああん、奥、あああぁ、すごいのお」

どうにか妹に応えながらも、華は激しく頭を横に振って、ただひたすらに泣き続けている。

M字に開いた両脚と引き締まった腰回りが、蛇のようにくねっていた。

「気持ちいいんだよね、姉さん」

創也はそんな姉の膣奥に向かって、リズムよく怒張を振りたてていた。

血管が浮かんだ太い肉竿が激しく出入りをし、張り出したエラが媚肉を抉り続ける。

「あああ、ひあああん、いい、あああ、気持ちいいの、あああ、あああん」

もう妹が見ているというのも気にならなくなっているのか、華は唇をこれ以上ないくらいに開いて絶叫を繰り返した。

その姿はまさに一匹の牝の獣に見えた。

「お姉ちゃん……」

そんな実姉の姿を間近で見つめながら、麻優はただ呆然と大きな瞳を見開いている。

いっぽうで、創也の指を飲み込んでいる麻優の媚肉がグイグイと収縮してきた。

(よがり狂っている姉さんを見て昂ぶっているのか?)

清純な麻優の中にも牝の獣が眠っているというのか。驚きと同時に創也は興奮し、激しい指ピストンを始めた。

「あああっ、お兄ちゃん、あああ、そんなに速く動かしたら、あああ、あああ」

見事だと思えるほどの敏感さを見せ、麻優も形の整った唇を大きく開いた。

姉と同じようにM字開脚のポーズで寝たグラマラスな白い身体がのけぞり、その華よりも大きなバストが波を打って揺れる。

「あああ、奥、あああ、おチ×チンがお腹まで来てる」

「あああん、お兄ちゃん、あああ、麻優、おかしくなっちゃうよう」

両方共に一気に性感を燃やし、全身をピンクに染めて牝の顔を見下ろす創也に見せつけていた。

（なにをドタバタしているのかしら）

一階に自分の寝室がある優花は、天井から連続して聞こえてきた音を不審に思って階段をあがってきた。

幼いころはよく創也と華が取っ組み合いというか、一方的に姉が弟をオモチャ扱《あつか》いして暴れていたが、もうそんな歳ではないはずだ。

「えっ、なに？」

なにごとかと思いながら階段をあがると創也の部屋から、誰のものかわからない息苦しそうな声が聞こえてきた。

廊下は電気がともしび暗い。そこにドアが少し開いた創也の部屋から光が漏れていた。

（創也くん、いったいなにを……）

五センチほど開いているドアに近づいていくと、その声が女性のものであるのがわかった。

まさかあの創也が女性を部屋に連れ込んでなにかしているとは思えないが、ありえない話ではない。

（創也くんも、もう子供じゃないんだし）

子供の中で唯一の男の子。母思いでいつも優しい。血の繋がりがないと発覚したときはほんとうにショックで口もきけなかったが、時間が経つほどに変わらぬ愛情も感じられた。

その彼は、よく大学の後輩でもある近所の杏菜の家に入り浸《びた》っている。彼女は創也と肉体関係にあるような発言をしたりもしていた。

（いくらなんでも歳が離れすぎよ……）

自分より三歳下の杏菜と身体の関係を創也がもっている。もちろんお互いに独身の成人同士だから誰にはばかることはないのだが、優花はなぜか腹立たしい。

母として自分の息子を奪われたような気持ちになっているのだろうか。血の繋がりはなくとも親は親だから、そういう感情に囚われるのかもしれなかった。

（まさか杏菜ちゃんが来ているとは思えないけど……だとしたら華か麻優と？）

いい歳をした杏菜がまさか二階の窓から忍び込んでくるとは思えない。ただドアの目の前に来たら、中からの声は女性の喘ぎ声に聞こえた。

華と麻優は、優花の目の前で創也を取り合ってけんかになった。兄や弟としてではない、男として見ての話だ。

その際に、麻優が創也と身体の関係を持ったような発言をした。彼氏をつくる様子もなかった末娘が大胆にセックスをしたと言ったことに、優花はショックを受けた。

（血の繋がりがないんだから、いいのかもしれないけど……）

血縁がなくとも兄妹であるのはかわりがないと優花は思う。ただ、いったんはバラバラになってしまうと思った家族が再びこうしてひとつ屋根の下にいることを嬉しくも思っていた。

「あっ、あああん、創也、あああ、奥、あああ、いい、ああ、気持ちいい」

足音をたてないようにドアの前に来ると、創也を呼び捨てにした声が聞こえた。

（華もいるの？）

華も創也と男女の関係であるのはわかっているが、いざその声が耳に入ってくると、身体が硬直した。

もちろん優花は亡夫との行為もあったし、気持ちよくも思っていたが、ここまで乱れ狂ったような声を出した経験はなかった。

それが自分の娘だと思うと現実だと思えなかった。

「あっ、ああ、私も、ああ、声が止まらないよう、ああ、お兄ちゃん」

続けて明らかに別の女のよがり声が聞こえてきた。

「えっ」

耐えきれず声を出しそうになって優花は自分の手で口を覆い隠した。

のぞくのはさすがにはばかられていたが、もう見ないわけにはいかず。ドアの隙間に顔をもっていった。

「ああぁ、ひいん、いい、ああ、あああぁ」

「お兄ちゃあん、あああ、あああ」

まず見えたのは裸の創也の横顔だった。そして彼の前にあるベッドには二人の女が横並びで寝ていた。

二人ともに一糸まとわぬ裸で脚をM字に開き互いの手を握り合っていた。

（は、華……麻優……二人一緒に）

もう驚きを通り越してしまい、優花は声も出せない。大きく美しい乳房を揺らしながら息子の前でよがり泣いているのは、自分の娘たちだった。

成長してからはどこか距離感のあった姉妹が手を握り合って、顔を歪めて喘いでいる。低いベッドのうえの二人の顔は、立っている優花から見下ろせる。

（あんな顔に……）

優花もいい歳だからアダルトビデオのひとつくらいは見た経験があるが、そのときの女優の喘ぎっぷりにおののいた覚えがある。

いまの娘たちの顔は、それと比べても遜色《そんしょく》がないように見えた。

「ああん、あああ、ああ、創也、あああん」

とくに姉の華の股間には怒張がぶち込まれ、激しくピストンされている。奥を突かれるたびに細身の身体が跳ねあがり、張りの強い巨乳が弾んでいた。

(華……それにアレ……なんて)

娘の乱れ顔も驚きだが、さらに優花の目を引きつけたのは、M字開脚の股間で前後運動を繰り返す創也の肉棒だ。

膣内に入っているから全容は見えないが、優花が唯一知っている亡夫の肉棒よりも倍は太いように見えた。

(あんなのでされて、ああ、華)

巨大な逸物を飲み込んでいる娘は苦しくないのか。ただ彼女は気持ちいいと何度も口にしている。

いつしか優花は、息を飲んで子供たちの交接に見入っていた。

「あっ、はあああん、創也、あああ、私、あああん、もうだめっ、あああ」

母が見ていることになどまったく気がついていない創也は、腰を激しく振りたて、姉の膣奥に向かって亀頭を深くピストンし続けていた。

もう限界に近いのだろう、虚ろになった瞳を弟に向けて華は甘えた声をだした。

「あああ、私も、あ、お兄ちゃん、あああ、なにか来る、あああ」

こちらも激しい指責めを媚肉に受けている麻優が、仰向けの身体をくねらせ、戸惑った様子で訴えてきた。

彼女の反応を見ながら、膣の天井側にあるGスポットとおぼしき場所を集中攻撃しているので、ずっと白い下腹が波打っていた。

「大丈夫、麻優、あああ、イクってわかるか？」

どこか怯えたような表情も見せている妹に、隣で喘ぐ華が言った。

けんかをしても、やはり姉妹愛は強いのだ。

「あ、うん、ああ、知ってる、でも私、イッたことないよ、あああ」

姉妹ともに喘ぎながら見つめ、手を強く握り合っている。

「創也に身を任せればいいんだ、恥ずかしいとか、思わずに、ああ、創也、もう」

妹を励ましたあと、華は息を詰まらせてのけぞった。

話している間もずっとピストンは続いているので、いよいよ限界が来たのだ。

「うん、お姉ちゃん、あああ、お兄ちゃん、ああ、麻優、もうイッちゃう」

女の本能でそれを自覚したのか麻優は、M字に開いている脚を内股気味に震わせた。

指責めを受け続ける媚肉も強く締まり、創也も負けないよう腕を前後に振りたてた。

「あああっ、イク、私も、あああぁ、イクうううう」

華のほうも一際大きな絶叫と共にM字開脚の脚を引き攣らせ、上半身を大きくうねるようにのけぞらせた。丸く巨大な乳房が胸板のうえでバウンドし、白い首筋が伸びきって、あごの裏側まで見えた。

「はあああん、イク、麻優もイクっ！」

こちらは短い叫びをあげて妹も頂点を極めた。脚はM字のままお尻を浮かせてくる。

創也の指を飲み込んでいる膣口のうえで尿道口が開き、熱い潮が吹きあがった。

「えっ、なに、いやっ、これ、あっ、あああ」

瞳を大きく見開いて麻優は驚いているが、潮は断続的に飛び出していく。

そのたびに浮きあがった腰がガクガクと上下に揺れ、鎖骨側に寄っている巨乳もその反動で波打っていた。

「すごいよ麻優、潮吹《しおふ》きだ。もっと見せるんだ」

清純で性の知識もない妹を初絶頂に導き、さらには潮吹きまでさせている。

創也も声をうわずらせながら指をピストンし、濡れ溶けた膣肉を責めた。

「ああっ、はああん、いやあっ、お兄ちゃんだめ、ああ、でも止まらない、ああっ」

自分の意志を無視した身体の反応に麻優は驚き、そして恥じらっているようだが潮の噴出は止まらない。

男の指を飲み込んだピンクの裂け目から、どれだけ出るのかと思うくらいに熱い飛沫が発射された。

「最後の一滴まで出すんだ、麻優っ」

「ひいいん、お兄ちゃん！」

甲高い悲鳴をあげる妹をどこまでも追い込む気持ちで、創也は腕を動かし続けた。

透明の液体が放物線を描いてフローリングの床に落ちていく。

それが次々に、十九歳の娘の秘裂から吹き出している。

（ああ……麻優……）

頭もよく落ち着いた性格の末娘、麻優。いっぽうで母としては、少し心配になるくらいに男女関係に疎《うと》いタイプだ。

その麻優が悲鳴のような声をあげて潮吹きまで演じている。しかもその表情をうかがうと、どこか恍惚《こうこつ》として蕩けていた。

(なんて満ち足りた顔を)

大好きな兄に責め抜かれて幸福感に浸っているように見える娘に、いつしか母としての感情も忘れて優花は見入っていた。

「創也……ああ……私、すごく深いところでイッた気がするよ」

その麻優の隣で長女の華がいまだ両脚をM字にして寝そべったまま、甘い声でつぶやいた。

「深いところ?」

二人を見下ろして立っている創也が少し驚いたように答える。彼も息が弾んでいる。

「創也に激しく責められるとすごく感じるんだ。私やっぱりマゾなのかな、かなり恥ずかしいけど」

なんとあのプライドの高い長女が、自分に被虐《ひぎゃく》趣味があるようなことを口にして照れ笑いを見せた。

その顔もまた、妹と同様に満足感に溢れている。華が口にした深いところというのがどれほどの快感なのかまでは理解出来なかったが、かなりの悦楽であったのだ。

(あっ、いやっ)

ドアの隙間に顔を密着させるようにして立つ優花は、パジャマに包まれた身体に異常を感じて声が出そうになった。

もう寝るつもりだったからブラジャーを着《つ》けていないＩカップのバストの先端が、ズキズキと疼《うず》き、さらにはパンティの奥の女の部分も熱くなっていた。

(子供たちがしているのを見て私……ああ……だめ)

子供たちどうしは血縁がないのがわかったのだから肉体関係になってもかまわない。ただその様子を見て自分が肉欲を燃やすような痴態は、あってはならない。

「そう、姉さんが満足してくれてよかったよ、ふう」

創也は少し微笑んでつぶやいたあと、裸のまま床に座った。

「い、いや……だめ」

胡座《あぐら》座りでお尻をついた創也を優花は横側から見ている。彼の股間には華の愛液にまみれた肉棒がヌラヌラと輝きながら反り返っていた。

まだ射精をしていないのだろうか、逞《たくま》しく天を突いたそれは、優花が唯一知る夫のモノよりも遥かに巨大だった。

(ああ、だめ、息子のを見て発情するなんて許されないわ)

夫を亡くしていまは独身であるとはいえ、相手はまだ戸籍上、自分の息子だ。

その創也の逸物を見て欲情していいはずがない。そう思いながらも、優花の手はパジャマのズボンの中に降りていく。

「ん……んく……んんんんん」

パンティの中に指を入れると、大量の愛液の感触があった。クリトリスに触れると同時に強い快感が突きあがり、思わず声を出しそうになった。

（ああ……私……だめなのに）

夫が生きていたころから、優花はいけない状況で妙に興奮するふしがあった。冗談で信号待ちの車の中で夫がスカートに手を入れてきたこともある。もちろんやめてと拒否したが、家に帰るまでドキドキが止まらなかった。

自分にも華と同じようなマゾの性癖が眠っているのかもしれなかった。

「んん、ん、んんんんん」

いまの、こんなところで自分を慰めていたのが彼らにバレたら、とんでもないことになるのに、クリトリスをいじる手が止まらない。

空いている手の指を口の中に入れて声を抑えながら、優花は禁断の快感に身を震わせていた。

「お兄ちゃん、私もこのままじゃいやだ、最後までして」

ベッドから突然起きあがった麻優が、巨乳を揺らしながら床に座る兄に抱きついた。

「うん、そうだね。麻優、こっちへ」

そんな妹を創也は受け入れ、白く瑞々しい身体を抱き寄せながら、いきり立つ肉棒のうえに下ろしていった。

「あ、あああん、お兄ちゃん、あああ、はううん」

胡座座りの息子の股間のモノが、麻優の豊満な尻たぶの間に飲まれていった。

「んんん、んく、んんんんん」

対面座位で繋がっていく息子と娘を見つめながら、優花は懸命に手を動かし、口の中の指を噛みしめていた。

胡座に組んだ創也の脚を豪快に跨いだ麻優のムチムチの下半身が沈んでくる。快感にいまだ昂ぶったままの媚肉が、亀頭に触れて包み込んでくる。その快感に創也は思わず腰を震わせた。

「あっ、はあああん、お兄ちゃん、あああ、大きい、くうん」

長い黒髪を振り乱し、麻優は何度も頭を横に振りながら喘いでいる。

「苦しいのか麻優」

麻優は未経験から二度目のセックスだ。そんな彼女が巨大な創也の肉棒を自ら飲み込んでいるのだ。

少し心配になって、兄の肩を懸命に摑んでいる妹を見た。

「あっ、あああ、ちょっと苦しいけど、ああ、私、ああ、変に、ああ」

何度も喘ぎながら、麻優はさらに桃尻を沈めてくる。

ゆっくりとではあるが狭い膣道の中に怒張が飲み込まれていく。すでに奥もドロドロに溶けていて、亀頭のエラにざらついた膣壁が擦りつけられた。

「くっ、無理しなくてもいいぞ、麻優」

快感に顔を歪めながら、創也は妹を心配そうに見た。まだ経験が浅いのに創也の巨根を懸命に飲み込もうとしている姿が痛々しかった。

「だ、大丈夫、あ、ああ、えっ、ああ、いちばん奥に、くうう、あ、あああああ」

懸命に耐えている麻優は、真上を向いた怒張をさらに深くへと飲み込んでいく。

亀頭の先端が膣奥に触れ、桃尻の肌が創也の太腿に触れたと思った瞬間、麻優の声のトーンが一気に変化した。

「ああああ、深い、あああああ、はああああん」

肉感的な白い身体がのけぞり、Hカップのバストがブルンと弾んで、ピンクの唇が開いた。

麻優の身体から一気に力が抜け、創也に跨がっている両脚がガクガクと痙攣した。

「あああ、はあああん、奥まで、あああ、あああ」

誰が見てもわかるほどに、麻優は強い快感に喘いでいる。

身体を支えていることも出来ないくらいに力が抜けたのだろう、一気に肉棒に向かってヒップが落ち、亀頭部が膣奥をこれでもかと抉《えぐ》った。

「あああ、ひあああ、あああああん」

さらなる絶叫を響かせて、麻優は兄にしがみつき荒い息を吐き出す。ただでさえサイズの大きな創也の逸物に貫《つらぬ》かれて苦しいのか、

「はああん、お兄ちゃん、ああ、麻優のお腹まで来てるよお、でも、あああ、おかしい、私、あああ」

兄が声をかけるよりも先に、麻優が激しく喘ぎながら妖しく潤んだ目を向けてきた。

そしてなんと、自ら腰を揺らして亀頭を膣奥に擦りつけるような動きを見せた。

「まっ、麻優、くっ」

清純で真面目な妹の尻肉が創也の太腿のうえで大きく円を描いて動いている。

亀頭の先端で彼女の子宮口や媚肉が擦られ、快感が突き抜けて創也も声が出ない。

「あああ、お兄ちゃん、あああ、麻優、あああん、エッチになってる、ああ」

いじらしい表情をしながらも、麻優の腰の動きはどんどん激しくなる。貪るグラマラスな身体と少女のような顔のギャップがいやらしかった。

「いくらでもいやらしくなっていいんだ、麻優」

もう躊躇する気持ちを捨てた兄は、大きくくびれた妹の腰を抱き寄せて下からのピストンを開始した。

「あああっ、はあああん、お兄ちゃん、あああん、すごい、ああ、いやあ、ああ」

いやと言ってはいるが拒否する気持ちは微塵もない様子で、麻優はすべてを膣奥で受けとめている。

ピストンのリズムで巨乳が弾み、薄桃色の乳頭と共に淫らなダンスを踊っていた。

「ああ、はあああん、お兄ちゃんのが、ああ、私を、ああ、気持ちよくしてる」

少し恥ずかしそうな顔で、怒張を飲み込んだ自分の股間をチラチラと見ながら、麻優は激しくよがり泣く。

真面目な仮面を脱ぎ捨てた妹は、姉以上に淫らな顔を見せていた。

「感じてくれ麻優、くう、俺もいいよ、すぐにでも出そうだ」

そんな妹に創也は興奮を深め、対面座位で抱えている彼女の乳房を揉みながら、突きあげのスピードをあげた。

まだ未成熟な感じがしていた媚肉も完全に蕩けていて、溢れ出す愛液とざらついた膣壁に肉棒が何度も脈打っている。

「あああん、中に来てお兄ちゃん、私、今日は大丈夫な日だから、あああ、ああ」

兄に跨がった肉感的な身体を何度ものけぞらせながら、麻優は訴えてきた。

「うん、わかった、麻優もイキそうになったら我慢せずにイクんだ」

麻優のことだから、ちゃんと計算しているのだろう。この蕩ける媚肉に心置きなく中出しすると決めて、創也は腰を大きく突きあげた。

「あああっ、あああん、あああ、お兄ちゃああああん、あああ、いい、気持ちいい」

激しいよがり泣きと快感に歪んだ顔。一匹の牝となった妹は自ら股間を前に突き出した。ぐりっと亀頭が食い込み、対面座位で抱き寄せられている麻優の腰が大きくうしろに折れる。

「ああああっ、来る、あああ、麻優、イッちゃう、あああ、あああ」

汗に濡れた巨乳が千切れんがばかりにバウンドし、麻優が雄叫びのような声をあげた。ついに膣奥での絶頂にのぼりつめるのだ。

「あああっ、イクうううううっ！」

快感に押し流されるままに大きく上半身を反り返らせ、ほとんどうしろを見るくらいまで頭を落として麻優は絶頂を極めた。

創也の腰に回された肉感的な太腿がビクビクと震えながら、強く巻きついてきた。

「ううう、僕もイク、イクよ、麻優」

白い脚の締めつけを合図に創也も怒張を爆発させた。

妹の膣奥に怒張をねじ込み、熱い精を放つ。禁断の中出しをしているという思いから、ゾクゾクと背中が震えていた。

「あああっ、お兄ちゃんの来てる、ああ、熱い、ああ、すごい」

もちろん生まれて初めての膣内への精子の放出を受けとめながら、麻優は大きなヒップをくねらせて恍惚とした表情を浮かべている。

牝としての本性を麻優は剝き出しにしていく。

「ああ、お兄ちゃんに精子出されながら、私イッちゃってる、ああイクっ、まだイク」

最後は兄の首に強くしがみついて巨乳を押しつけ、淫らに瞳を輝かせて、麻優は肉感的な身体を震わせ続けた。


(ああ……麻優が、あんなに)

息子のうえで淫婦と化して肉棒に身を委ねる娘を見ながら、優花は一心不乱に自らの股間を慰めていた。

（いけないのに、ああ、止まらない、あああ）

夫の前でもあからさまに乱れた覚えはない。なのにいま自分はドアの隙間から裸の子供たちを見つめながら腰までくねらせている。

パジャマ姿の全身は熱く痺れきり、頭がぼんやりとして指が勝手にクリトリスをこね回している。

「あ、んんん、んくうう、んんんん」

力が抜けきって創也にしなだれかかっている麻優。その満ち足りたような顔が彼女の快感の深さを物語っているように見えた。

（創也くん、ああ、あんなに激しく）

麻優によく似た色白で清純な顔を歪め、ここはその清楚さに反するようにぽってりとしている唇に自分の指を突っ込んで、優花は快感に溺れていた。

口内の指も三本になり、それをいつしか舌で舐め回していた。なんと浅ましい母だろうか、あとで死にたくなるくらいに落ち込むのはわかっていても、やめられない。

「んんん、んくうう、んんん、んふう」

さまざまな感情に混乱するまま、優花は肉芽をしごき、頂点にのぼりつめていった。

第六章　震える美母の媚尻

ドアの向こうで行われていた背徳で淫らな光景。精も根も尽き果てたように横たわる子供たちに気づかれないように一階の寝室に戻ったあとも、優花は結局朝まで眠れなかった。

その理由は変化していく家族への憂《うれ》いでもなく、子供らの行為をのぞいて果ててしまった自分への嫌悪でもない。

ただ身体の疼きが止まらず、三度以上もベッドでオナニーを繰り返してしまった。

(なんていやらしくて、情けない女)

朝が来て、どうにか態度には出さずに皆を送り出した。ただその前に替えた下着は、愛液でお漏らしをしたかと思うくらいに濡れていた。

牡と牝になったように求め合う子供たち、そして、創也の巨大で逞《たくま》しい肉茎。

それがいまも目に焼きついて離れない。

いた。

「あ、いやっ、こんなところで」

息子の肉棒で欲情した頭を冷やそうと、優花は家事も終わらないうちに散歩に出ていた。

午前の外の空気を吸えば、少しは鎮まるかと思っていたが、頭に娘たちの愛液にまみれて輝く創也の怒張が蘇《よみがえ》り、膣奥がまた疼いてしまった。

（だめよ、どうして）

頭では、母親がこんな想像をするのは許されないというのはわかっている。ただ血の繋がりがないとわかったからか、身体のほうが欲望に燃えさかる。

なんとかして振り払おうとしても股間が熱くて、ウォーキングのためにジャージに着替えた身体が前屈みになってしまった。

「ああ……お願い、鎮まって」

歩道を行き交う人々までもが、禁断の欲望に昂ぶる自分を蔑《さげす》んでいる気がする。

するとよけいに身体が熱くなってくる。こんな感覚も生まれて初めてだ。

「あら先輩、どうしたんですか？　こんな時間に珍しい」

もう頭がおかしくなるかと思いながら、ぼんやりと歩いていた優花は、背後からの声に飛びあがった。

自分を先輩と呼ぶのはこの近所ではただひとりだ。

「杏菜ちゃん」

恐る恐るうしろを振り返ると、買い物袋を下げたワンピース姿の杏菜が立っていた。

無意識に歩く中で杏菜の家の近くにまで来ていたことに、優花は初めて気がついた。

「ひどい顔してますよ、どうしたんですか？」

昨夜は一睡もしていないうえにメイクもほとんどしていない大学の先輩の顔を見て、杏菜は目を丸くしている。

「別になにもないわ……それより息子のことなんだけど」

まさか昨夜の出来事を話すわけにもいかず、優花は話題を逸《そ》らして杏菜に言った。

創也と杏菜に関係については一度、彼女とちゃんと話さなくてはと思っていたのでいい機会だ。

「はい、創也くんにはお世話になってるし、お世話もしてますよ、いろいろと」

なにか意味ありげな話しかたで杏菜はニヤリと笑った。同じ大学で出会ってから長い年月になるが、彼女には最初からこういうところがある。

「なんで創也なの、あなたなら他にいくらでも男の人がいるでしょう」

大学時代から、その愛らしい少女のような見た目で杏菜はよくモテていた。性格がこんなだから女子には人気がなく、仲が良かったのは優花も含めて一部だった。

逆に優花は素直な性格で杏菜のように遠回しな言いかたも出来ないので、単刀直入に言った。

「そりゃもちろん創也くんがいい男だからですよ。あら先輩、ヤキモチですか？」

「ヤ、ヤキモチって、息子を男として見てるわけないでしょ」

突然、思い悩んでいた部分を突かれて、優花はつい声を大きくした。

人通りは少ないが、たまたま歩いてきていた男性が、大声とその内容にびっくりしている。

「あらら、息子を取られた母親っていう意味で言ったつもりだったんですけどねえ、うふふ、先輩も華ちゃんや麻優ちゃんたちと同じだったんですね」

ニコニコと笑いながらだが、なにかを見透かしたような感じで杏菜は向かい合う優花を見つめてきた。

昨日、姉妹で創也を杏菜のところまで迎えに行ったらしいから、そのときに子供たちとの関係も聞いたのかもしれない。

「ち、違うわ、わ、私はそんなの、違う」

男性が立ち去り、歩道にいるのが杏菜と自分の二人になると、優花は懸命に反論した。ただ声はうわずり、顔は真っ赤になっていて、これではなにが真実なのかまるわかりだ。

「うふふ、いいじゃないですか。先輩も独身だし、創也くんとは血の繋がりがないんですから」

女として創也を愛してもかまわないと。自分と同じですと、後輩は付け加えた。

「そんな、ああ……そんな……」

もう完全に動揺している優花はごまかすことも出来ずに、言葉もうまく紡《つむ》げない。

そして、心の中で確信しているのは、息子創也を男として見ているのだということだった。

「素直になったらいいんですよ。私も協力しますから」

そう言って杏菜は優花の手をとってきた。

「杏菜ちゃん……」

彼女の手を振り払うことが出来ず、優花は自分もまた女なのだと自覚するのだった。

「ちょっと気持ちを落ち着けてこいって、いまさらだよなあ」

ある日、創也は杏菜からある旅館に招待された。だが彼女は同行しないという。部屋付き温泉のある高級な部屋にひとりで泊まってこいというのだ。

「どうせあとから来るんだろ」

普通に考えたら温泉で一日中、肉棒を求められるパターンだ。あの若い見た目に反して熟しきった性欲を持つ杏菜が、放っておいてくれるとは思えなかった。

「まあたとえ夜まででも、ひとりで温泉にいられるのはいいよな」

旅館に着いて部屋に通されると、創也は大きく息を吐いた。

ここのところ驚くことばかりが起こりすぎている。姉妹との関係もそうだし、いまだに、生みの親にも今後どうするのかという連絡は入れていない。

確かに、地元を離れてこうしてひとり落ち着く時間は必要だったのかもしれない。

「露天風呂に入りながらちょっと考えよう」

二間《ふたま》もある広い和室の向こうにはサッシの窓があり、そこを開くとバルコニーになっていた。

山の風景が広がるベランダに、二人ぐらいは入れる木の露天風呂がある。

「ふう」

普通は夫婦やカップルで入るのだろうなと思いながら、湯船に浸かり、創也は山の空気を大きく吸い込んだ。

風呂からあがり、広々とした和室にパンツ一枚で大の字になって寛《くつろ》いでいると、部屋の呼び鈴がなった。

「ん？　ごはんにはまだ早いよな」

時間はまだ夕方といったところだ。食事にしては早いなと思いながら、創也は慌てて浴衣《ゆかた》を羽織った。

「はーい……えっ、母さん!?　なんで？」

入口のドアを開くと、そこには母である優花が立っていた。いつも出かけるときと同じような清楚なワンピース姿で旅行カバンを手にしている。

「杏菜ちゃんから、ここに行くようにって言われたの」

いつもと少し様子が違う母は、下を向いてブツブツとつぶやいた。明るい彼女がこんなにはっきりとしない話しかたをするのは珍しい。

「ま、まあ、とにかく入ってよ、うん」

明らかにおかしい優花にビビってしまった創也は、どうしていいのかわからずに、とりあえずそう言った。

母のうしろには仲居《なかい》さんもいない。創也がここに来た際はついてきたというのに。

どういうことかと思っていると、母は靴を脱ぎながら自分のスマホを創也に手渡してきた。

『ヤッホー創也くん』

スマホの画面には動画が再生されていた。普段着姿の杏菜がひとりで映っていて、脳天気に手を振っている。

『どう、このサプライズ。そこの旅館って私の親戚がオーナーなのよ。いきなり優花さんが現れるように協力してもらったんだ』

いたずらっぽく笑いながら、画面の中の杏菜が言った。創也が到着したときに仲居さんが連れはどうしたのかと言わなかったのも、そんな仕込みがされていたようだ。

『親子水入らずなんて久しぶりでしょ。まあ仲良く、がんばってねえ、ばいばい』

杏菜がさらに両手を振り、そこで動画が終わった。

「がんばれってどういう意味ですか？　あっ、そうか動画だ」

思わずスマホに突っ込んでしまったが、この動画はすでに撮影済みのもののようだから、なんの意味もない。

（母さん……）

そして部屋に入ると、母は畳敷きの広い空間の端っこのほうにいる。

あからさまに変な行動をとる母に、創也はただ呆然となった。

「ごちそうさまです。美味《おい》しかったです」

夕食を終えて創也は片付けをしてくれた仲居さんに頭を下げた。母の優花は、いつもなら率先して笑顔で礼を言うタイプだが、今はテーブルの前で黙って座っている。

(ちょ、調子狂うな……なんなんだよ……)

家では食卓を囲んだときにいろいろと話しかけてくるのに、ほとんど会話もなく、仲居さんも不思議そうにしていた。

すでに旅館の大浴場で入浴をすませ、浴衣姿になっている母が、少し顔を赤くして立ちあがった。

「……創也くん、ちょっと隣の部屋にいくから見ないでね」

この部屋で食事をしている間に、隣の部屋に布団が用意されている。そこへの襖《ふすま》を開きながら、母はボソボソと小さな声で言った。

「あ、うん、のぞいたりしないよ」

血の繋がりがないとわかってから、母の優花のことを妙に意識しているとはいえ、さすがに着替えまではのぞいたりするつもりはなかった。

「お願いね」

それでも念を押すように言ってから、母は隣の間に入って襖を閉じた。その間、顔を伏せたまま一度も創也のほうを見なかったことに違和感を覚えた。

（なにがしたいんだよ）

とにかくいきなり現れてからずっと様子が変だというか、別人なのかと思うくらいに態度が違う。座卓の前にひとり座り、ちょうど正面に見える綺麗な襖を創也はじっと見ていた。

（長いな……なにしてんだよ）

やがて、母が向こうの部屋に行って五分以上が経《た》った。パジャマに着替えるにしても、ずいぶんと時間が長いように思える。

雰囲気的にテレビを見て時間をつぶすという気持ちにもなれず、創也はただ座って襖を睨みつける状態だった。

「創也くん、入ってきて……」

「えっ」

母が襖を開いて出て来るものだとばかり思っていた創也は、驚いて声をあげた。

ただ母の声が少し震えている気がして、創也は立ちあがって襖を開いた。

「どうしたの母さん、えっ、ええっ」

向こうの部屋には灯《あか》りはついておらず、薄暗い中、母は襖のすぐ手前に立っていた。

だが、こちらからの光に照らされた母は、なんとなにも身につけていない身体に、赤い革ベルトが繋がったボンデージ衣装を食い込ませていたのだ。

「な、な、な、な、ええっ」

もう驚きも度を越して創也は腰が抜けそうになり、浴衣の身体を後ずさりさせた。

色白の熟した肉感的なボディのそこかしこを、赤いベルトが締めあげている。

巨大なIカップの乳房は三角形に囲まれて絞り出され、こんもりと乳輪が盛りあがった乳首もすべて晒されている。

「ああ……こんな格好、変よね……ごめんなさい」

真っ赤になった顔を横に伏せて、優花は消え入りそうな声で言った。

ただ創也も目を背けられないくらいに熟した色香が漂っていて、とくに股間には一本赤紐が食い込んでいる形で、陰毛が大きくはみ出しているのがいやらしかった。

「へ、へんと言うか、なんでこんな」

「あ、杏菜ちゃんが、この格好をしたら創也くんが喜ぶからって……」

このボンデージ衣装を見た瞬間に、杏菜が作ったであろうことは理解していたが、なぜ母がそれを受け入れたのか。

「おかしいよね、おばさんのくせにこんなの着て」

少し天然なところもある母は、創也の考えているところとは斜め上の部分で強く恥じらっている。

顔だけでなく絞り出された乳房やムチムチの太腿までピンクに染まり、なんとも色っぽかった。

「い、いや、そうじゃなくて、なんで母さんが僕の前で」

母の全身から立ちのぼる熟した色香に創也も胸が熱くてたまらない。どうにか平静を保っているが、もう浴衣の下の肉棒はギンギンだ。

血縁はなくとも親を相手に、という倫理観など頭に浮かびもしなかった。

「わ、私……私も創也くんのことを……男として、あああああ」

振り絞るような声で途中までそう言った母は、開けた襖の前に立つ創也に抱きついてきた。

力の限りにしがみつき、創也の浴衣に顔を埋めている。当然ながら剝き出しのIカップが押しつけられて大きく歪んでいた。

「か、母さん」

創也も母の背中に腕を回して抱き寄せた。異性として意識していたのは互いにだったのだ。

嬉しさがこみあげてきて、少し震えている母の白い身体を腕で包み込んだ。

「ああ、創也くん……きゃっ」

潤んだ大きな二重の瞳を向けてきた母が、急に驚いた顔をして下を見た。

その目線の先には創也の浴衣の大きく膨らんだ股間があった。

「そうだよ、僕のチ×チンが母さんのエッチな格好を見て、興奮しているんだ」

ここまで来たら後戻りなどないと、創也はもう開き直ってはっきりと言った。

今夜ここで母である優花を自分のものにする。その決意を態度と言葉で示した。

「ああ、そんな、私」

母のほうは元来の清純で真面目な部分が残っているのだろう、腰をくねらせて恥じらいだす。

そんな母の中にある女の姿、牝としての本性を剥き出しにしてやりたい。

「これなに？　母さん」

決意を固めた創也は先ほどから気になっていた母の背中側を覗《のぞ》き込んだ。

母のボンデージ衣装は、首輪のようなものから下に向かって革ベルトが伸びていくデザインだ。

　その首輪の部分から犬の散歩用のリードがぶら下がっている。それを創也は手にとった。

「あ、それは、杏菜ちゃんがつけたほうがいいって言ったから」

　杏菜のせいにして母は下を向いた。ただ先ほどからの腰を動きがさらに大きくなっている。

　クネクネと横によじれる、赤のベルトが横に縦に食い込んだ桃尻の揺れは、母が淫らな興奮に身悶えているように見えた。

「杏菜さんじゃなくて、母さんはこのリードをどうして欲しいの？　これ犬がつけるやつだよ」

　それを確かめるべく創也は母の顔をしっかりと見て言った。

「あ、ああ、そんな、ああ……」

「外したほうがいい？　母さんがして欲しいようにするよ」

　わざと突き放すように創也はまだためらっている、ボンデージ姿の美熟女を見た。

「あ、つ、強く引いて欲しいわ、あああ」

　リードから手を離そうとした息子を慌てて見た母の優花は、二重の大きな瞳を潤ませて訴えてきた。

厚めの唇は半開きになり、そこから湿った息が漏れていた。

「こうかい？」

清純だとずっと思っていた母にも淫婦の一面があるのか。そしてそれはマゾの性感なのか。

創也はリードを摑み直すと、強めに引っ張った。

「あっ、いやっ、ああっ」

首の部分のベルトごと引っ張られ、母はふらりとよろめいた。焦っている様子だが、なぜか艶のある声があがっている。

「そんなに犬になりたいのなら四つん這いになって、母さん」

目の前で揺れるIカップの白い乳房を揉みしだき、創也は強く命令した。

「ああ、やん、あああ、ああ、はい」

いちおうためらう素振りはしたものの、母は素直に足元の畳に四つん這いになった。

並んで敷かれた二人分の布団の横に、赤のボンデージ姿の美熟女が、桃尻を突き出すようにして犬のポーズをとっている。

「さあ歩いて」

少し強めにリードを引いて、創也は布団の周りを歩きだした。

「あ……ああ……」

母は少しうつむき加減のまま、四つん這いでゆっくりと進みだした。

上半身が下向きになって大きさをさらに増しているように見える巨乳が、釣り鐘のようにフルフルと揺れている。

そしてなにより、一本赤いベルトが食い込んだ巨尻が大きくくねる姿がたまらない。

「ああ、ああ、私、ほんとうに犬にされてる」

二つの尻たぶを動かしながら、畳のうえで両手と両膝を擦り進む美熟女が、切ない息を吐きながらつぶやいた。

少し顔をあげた母、優花の大きな瞳は完全に蕩けていて、創也はどきりとした。

「されてる？　自分で望んでしたんじゃないの？」

そんな母にのしかかりたい衝動を抑えて、創也は正面から四つん這いの母の顔を覗き込んだ。

厚めの唇が妙に濡れていて、ここも女の淫気をまき散らしていた。

「ああ、だって……杏菜ちゃんがつけたほうがいいって言うから」

そう言った母は少し顔を背けた。真面目で素直な母は嘘をつくのが下手だ。

この顔は、杏菜に対して後ろめたい気持ちがあるからだ。ずっと長く一緒に暮らしてきた息子にはよくわかる。

「いやいや、つけたの？」

すでに察してはいるがあえて母の口から言わせようと、創也はしゃがんで近距離で見つめながら言った。

どんどん妖しさを増していく清純な母をもっと追い込みたいという感情に、創也は囚われていた。

「あ、ああ……私がつけて欲しかった……創也くんにこうされたかったの」

少しためらったような顔を見せたあと、母は創也に潤んだ瞳を向けて言った。

さらに息づかいが激しくなり、四つん這いの身体を自らくねらせている。

「ひどい女だな母さんは。杏菜さんのせいにするなんて」

マゾ性を剝き出しにする母に創也自身も興奮でにやけそうになるが、それを押さえて熟れた巨尻のうしろに回った。

再びしゃがみ込んだ創也は、手にしたリードで母の尻たぶをピシャリと打った。

「ひっ、ひあああ、あああん、創也くん、ああ」

しっとりとした白い肌に赤いラインが浮かんだ。母は背中を大きくのけぞらせて派手な声をあげる。

ここでもその声色は艶めかしい。

「犬になって散歩したかったんでしょ、それで興奮するなんて」

「ああ、ごめんなさい、ああ、私、あああ、いやらしいことを考えてたの、ああ、あなたは息子なのに」

母の優花も、もう完全にタガが外れている。創也のことを息子だと意識しながら、それに背徳的な興奮を得ているのだ。

「そうだよ、母さんは息子に責められて悦んでるんだ。ここもうドロドロなんじゃないのかい？」

もう一発尻たぶを紐で打ったあと、創也は赤ベルトが食い込んだ母の股間を見た。

革のベルトが尻の谷間から縦に通り、横からピンクの肉ビラがはみ出している。

その周りはすでに愛液でビショビショの状態だ。創也は子供がいるとは思えない形の整った淫唇を軽くくすぐってみた。

「ああ、そこ見ちゃいや、えっ、あっ、ああああん」

わずかな刺激なのに母は強い反応を見せ、犬のポーズの身体を揺らしている。

巨乳が上体の下で大きく横揺れし、色素が薄い乳首が尖りきっている姿が見えた。

「父さんとも、こんなプレイをしてたんだね」

親のセックスを知りたいとは思わないはずだが、なぜか創也は聞いてみたい衝動に駆られた。

母のすべてを剝き出しにさせて堕としてみたい、そんな感情に囚われていたのかもしれない。

「あ、あああ、お父さんとは、ああ、普通にだけ、ああ、こんなのしてない」

まだ淫唇をなぞっている程度なのに、優花は突き出した巨尻を振りたてて喘いでいる。

そして、父とはこんな変態的な行為はないとはっきりと言った。

「そ、そうなの。どうして僕に」

「ああ、だってすごくいけないことしてるから、ああ、もういいって思ったの、ああああん、ほんとうの私を全部晒したいって」

常に喘ぎながら振り絞るように母は言った。確かに血縁がないとはいえ息子と肉体関係を持つのは異常だ。

逆にそれが開き直りとなって、優花はマゾ牝の本性を解放したのだ。

「僕にだけ見せてくれるんだね、母さん」

父親にも隠していた性癖を自分には晒している。そう思うと創也は背中がゾクゾクと震えた。

牡の征服欲が燃えあがり、もっとこの牝を狂わせたいと燃えた。

「いけない女だ、母さんは」

創也は四つん這いで突き出された母のヒップを縦に締めあげているベルトの付け根を見た。

腰のところに回されているベルトに繋がっていて、ボタンで留められている。

いつも杏菜の製作を手伝っている創也は、そのボタンを外せば股間のベルトがとれるというのはわかっているので、指で弾くように引き剝がした。

「あっ、だめ、ああ、全部見えちゃう」

いきなり股間のベルトが外れて母は驚いているが、桃尻をよじらせるのみでとくに逃げようというような動きは見せない。

晒されたピンクの媚肉もなにかを欲しがるようにウネウネとうごめいている。

「見られたくないわりには、もうドロドロじゃん」

そしてその入口は大量の愛液が溢れ出し、糸を引いて滴っていた。外された股間のベルトにもねっとりと付着していた。

その軟体動物のような母の媚肉に魅入られるように、創也は指を二本突きたてた。

「ああぁっ、創也くん、ひっ、ひあああぁ」

少々、乱暴にも思えるような挿入だったが、母は見事なくらいに反応し四つん這いの背中をのけぞらせた。

ボンデージ衣装のベルトに絞られたIカップのバストが、ワンテンポ遅れてバウンドしている。

「すごい声だよ、母さん」

初めて聞く母の喘ぎ声。その艶めかしい響きに創也はさらに興奮し、膣奥に突っ込んだ二本指を激しくピストンさせる。

クチュクチュという音とともに、ねっとりとした粘膜が指に絡みついてきた。

「ああぁっ、創也くん、ああ、だめ、ああ、あああん」

大きな桃尻を左右に揺らしながら、優花はひたすらに泣くばかりになっていく。

もう腰が何度ものけぞり、畳みについた膝も崩れそうになっていた。

「母さんがこんなに卑猥な女だったなんて知らなかったよ」

もうパンツの中で怒張ははち切れそうになっているが、創也はすぐにでも目の前の媚肉に突きたてたい気持ちを押さえ、指を引き抜いて立ちあがった。

そしてリードを手にして母のお尻をまた軽くぶった。

「あっ、ひあん、だって、ああ、私、あああ」

一発だけ尻を打ったあと、創也は四つん這いの母の前側に回った。

母もまたもう創也が侵入してくるものとばかり思っていたのが、少しむずかるような態度を見せた。

「まだ一周終わってないよ」

そう言ってリードを強く引いて創也は布団の周りを歩き始めた。

リードが張り切り、母の首が斜め上に引きあげられた。

「あっ、あああ、創也くん、ああ」

強引な散歩に、母の優花は犬のポーズを崩さずについてくる。頬や耳まで真っ赤に染まった顔は切なそうに荒い息を吐いている。

身体の下では三角形の赤い革ベルトの間から飛び出しているIカップが、尖りきった乳首と共に弾んでいた。

「ふふ、もうこれが欲しくてたまらないって顔だね、母さん」

フラフラとした動きながら、犬になった母は二つの布団を一周してどうにか元の位置に戻ってきた。

そこで創也はすべてを脱ぎ捨てて裸になった。そして、すでに勃起している肉棒を母の眼前に突き出した。

「ひゃっ、ああ、これ」

近くで見た成長した息子の逸物の巨大さに、母は驚いた表情を見せる。

ただ目を背けたのは一瞬だけで、じっとエラの張り出した亀頭に向けて、おずおずと舌を出そうとした。

「いやなら無理に舐めなくていいんだよ」

「だめ、ああ……創也くんのおチ×チン、どこにもやらない」

ついにその言葉まで口にした美しい母は、大胆に舌を出して亀頭に絡めてきた。

もう常識やモラルなど捨てているのだろう、ねっとりと味わうようにエラや裏筋も舐めあげていく。

「うっ、いいよ、母さん、どう？　僕のチ×チンは」

愛《いと》おしげに肉棒を舐める母を見下ろしたまま、創也は快感に腰を震わせる。

母のピンクの舌が自分の性器を舐め回していると考えると、また背徳感に背中が震えた。

「んんん、すごく固いわ、ああ、それに大きい」

うっとりと目尻を下げながら、母は艶のある声で言った。その表情はうっとりとしていて、目の前の怒張に魅入られているように思えた。

「じゃあ次はしゃぶって」

どんどん創也も母に要求していく。創也自身ももう母にたいして躊躇する気持ちは薄れ、逆にとことんまで目の前の牝を汚してやろうと燃えあがっていた。

「ああ、はい、んんん、んんん」

母のほうは、そんな息子に追い込まれることに、マゾの性感を燃やしている。

ためらいなく口を大きく開き、巨根を包み込んできた。

「ああ、母さんの口の中、温かいよ」

唾液にまみれた粘膜に亀頭を擦りつけながら、創也はほとんど無意識に自分からも腰を突き出していた。

犬のポーズをとったボンデージ衣装の母親の口内奥深くに、血管が浮かんだ肉竿が飲み込まれていった。

「んんん、ふぐ、んんん、んんん」

ただでさえ太くて長い逸物を奥まで飲み込むだけでも苦しいと思うのだが、母はそのまま頭を大きく前後に振り始めた。

頭だけではなく、四つん這いの身体ごと揺すっている。

「うく、母さん、うう、最高だよ、ううう」

熟女の包容力とでもいうのか、甘くねっとりと口内の粘膜が絡みついてくる。

四つん這いの母の肩を摑み、創也は腰が痺れるような快感に酔いしれていった。

「んんん、くふ、んんんん」

そして母の優花のほうはマゾ性も昂ぶらせているようで、苦しげに鼻を鳴らしながらも、その瞳を妖しげに蕩けさせている。

身体の下で乳首が尖ったＩカップを揺らし、引き裂かれている唇の横からヨダレを流しながら奉仕を続けていた。

（なんていやらしい牝なんだ……）

まさに別人となった母に、創也も興奮の極みにいた。子供のころから優しくて明るくて、そして清純だった姿が、自然と頭に蘇った。

「もういいよ、そろそろいくよ母さん」

もう創也も抑えが利かなくなった。夢中で喉奥まで受け入れた怒張をしゃぶり続ける母を止めて肉棒を引き抜いた。

「創也くん……」

母はそれだけつぶやいて、顔を下に伏せた。これからなにが起こるのがわかっていて、覚悟を決めたようだ。

「母さんとひとつになるよ、僕」

あえて言葉にして母の赤ベルトが食い込んだグラマラスな身体を、そばにある布団に倒していった。

四つん這いのままバックから挿入したいという気持ちもあったが、やはり最初は母の顔を見ながら繋がりたかった。

「ああ、来て、創也くん」

どこかためらいがちな表情を見せて、母は白いシーツのうえに仰向けとなった。

ただその潤んだ瞳が女の淫らな輝きを放っているのを、創也は見逃さなかった。

「いくよ」

ムチムチとした真っ白な太腿。あらためて触れるとしっとりとした肌が吸いついてくるような感触だ。

創也はそれを持ちあげて身体を入れると、正常位で挿入を開始する。

「あっ、ああ、これ、あ、ああ」

ゆっくりと膣口を拡げながら、硬化した亀頭が母の中に入っていく。

甲高い声をあげた母は、じっと息子を見あげたまま、身体全体を小刻みに震わせて受け入れている。

「ああ、母さんの中、熱いよ」

すでに外まで滴っていた愛液は、中に入るともう洪水のようだった。

母がここまで自分を昂ぶらせていたことに驚きながらも、創也はねっとりとした膣肉の感触に溺れていく。

「あああっ、創也くんのも、あああ、固いわ、あああ」

すっかり髪の乱れた頭を何度も横に振りながら、母は甘い吐息を半開きの唇から漏らして身悶えている。

赤ベルトの色に負けないくらいに巨乳が上気していて、フルフルと波打つ様がなんとも淫靡だった。

「あ、あああああん、ああ、奥に、あっ、あああああ」

肉棒はゆっくりと進んでいき、母の膣奥の辺りにまで達した。すると喘ぎ声が一段と大きくなり、創也が抱えている太腿がビクンと引き攣った。

「うん、母さんの奥、気持ちいいよ、すごく」

膣奥にまで達すると少し狭くなっていて、媚肉がさらに亀頭に絡みついてきた。

母の膣肉は吸いつく感触というか、創也の肉棒にぴったりと密着している感じがして早くピストンをしたい。

「でも母さん、僕のはまだ奥まで入るよ」

ただまだ怒張は少し余っている。ピストンの前にさらに母の奥を貫くと、創也は力を込めて腰を突き出した。

「えっ、ええ、まだ奥って、あっ、あああああ」

子宮口を押しあげながら怒張が一気に根元まで押し込まれる。

さらに奥まで入ってくるのかと驚いた顔を見せた母が、大きく唇を割り開いてのけぞった。

「ああ、これだめ、あああ、ああああん」

その言葉とは裏腹に、さすが熟女とでも言おうか、母は巨根の挿入もしっかりと受け入れ、さらなるよがり泣きを見せた。

巨乳がブルンと弾み、ムチムチの両脚が何度も引き攣っている。快感がかなり強いのか、瞳も宙をさまよっている。

「まだこれからだよ、母さん」

もう自分自身が我慢の限界を迎えていて、創也は母の膣奥に向かってピストンを開始した。

本能のままに怒張を大きく前後に動かし、濡れそぼった媚肉に亀頭を擦りつけた。

「ああああっ、あああ、創也くん、あああん、ああ、すごい、ああ、ああ」

ここでも母、優花は一気に顔を蕩けさせ快感に沈んでいる。

仰向けの肉感的なボディをよじらせ、ベルトに絞り出された巨乳を弾ませながら、淫らな悲鳴を広い和室に響かせていた。

「ああ、あああ、だめ、ああああん、あああ」

野太い怒張が前後に大きくグラインドし、膣奥の中ほどまで下がったあと一気に根元まで突きたてられる。

母はもう心まで蕩けている感じで、ただひたすらによがり泣き、朱に染まったグラマラスな身体をよじらせている。

「あああ、創也くん、ああ、だめ、私、おかしくなっちゃうわ、あああん」

そして巨乳を踊らせる母は、こちらを見ないまま叫んだ。

「いいよ、母さんがおかしくなったところを僕は見たいんだ」

そんな優花に創也はさらに興奮を深め、白く肉感的な太腿に対比して、よく引き締まっている両足首を握った。

そしてそのまま左右に向かって、勢いよく割り開いた。

「ひっ、ひあっ、だめ、こんなの恥ずかしい、ああ、あああぁ」

そのまま創也は身体を起こして腰を激しく動かした。Vの字に開いた白い脚の付け根がちょうど真下に見える。

愛液が飛び散っている黒い草むらの下で、ピンク色の秘肉が大きく口を開いて自分の怒張を飲み込んでいた。

「見るよ、母さんのオマ×コが僕のおチ×チンを食べちゃっているところを」

マゾ性の強い母の感情を煽る言葉を吐きながら、創也はさらに大きく腰を動かす。

愛液を滴らせながらこれでもかと開いて、息子の巨根を飲み込んだ母の充血した媚肉。その生々しさがなんとも淫らだ。

「あああ、あああん、ひどいわ、あああん、でも、あああ、いい、あああぁ」

心も燃え切っているのか、優花は天井を向いたまま、ボンデージ衣装の身体をくねらせて浸りきっている。

大きく割れた唇の奥に白い歯とピンクの舌がのぞいていた。

「ああ、母さんの気持ちいい顔、すごくいいよ、ああ、もっと感じて……おお」

そして興奮の極みにあるのは創也も同じだ。母の肉壺が自分のモノを歓喜して食い絞めている。

吸いついてくる媚肉による肉体的な快感も凄まじく、創也ももうなにも考えることなく、ひたすら本能に身を任せていた。

「あああっ、ひあああん、創也くん、あああん、もう私、あああ、だめえええ」

二人ともに感極まる中、母の優花はそう叫んだあと一際大きく喘いだ。

息子の手によって大きく引き裂かれ、まっすぐに伸びた脚を震わせ、蕩けきった瞳を向けてきた。

「イクんだね母さん！　イッていいよ。僕も一緒にっ」

創也もそう叫ぶとVの字に開いた母の股間に向かって、これでもかと自分の腰を叩きつけた。

「ひいいん、ああ、来てえ！　ああ、今日は大丈夫な日だからあ、あああっ」

もう呼吸もままならない母が、声を振り絞るように訴えてきた。

「うん、出すよ、おおお、母さんの中を僕の精子でいっぱいにしてやる」

その言葉を聞いて創也はすべてをピストンに集中させる。血管が浮かんだ怒張を、これでもかと愛液に蕩けた媚肉に突きたてた。

「あああ、来てえ、あああ、出してえ、あああ、ああああん」

Ｉカップのバストを千切れんがばかりに弾ませ、母はシーツを握りしめた。

「ああああ、もうイク！　あああ、優花、あああ、イッちゃう」

そして限界を叫ぶと同時に、白い上半身を大きくのけぞらせた。

唇をこれでもかと割り開き、別人のように妖しく蕩けた瞳を泳がせながら、艶のある悲鳴をあげる。

「イクうううううううっ！」

一匹の牝になった母は熟した身体を引き攣らせながらのぼりつめた。その激しい震えに乳房が波打ち、ほどよく肉のついた下腹部が引き攣っていた。

「あああ、あああ、ああああん、イッてる、ああ、あああ」

肉棒にすべてを奪われた母は何度も痙攣を繰り返している。女というのはここまで激しく絶頂するものなのか。

あまりの痴態に驚きながらも、あの清純な母をここまで狂わせているという興奮に創也も狂った。

「くうう、イク、僕も出るっ！」

最高の昂ぶりの中で創也は怒張を母の膣奥深くにまで押し込み暴発させた。勢いよく熱い精液が飛び出していく。

「ああ、すごい、あああ、創也くん、あああ、熱い」

精子の放出と同時に母の声がさらに大きくなった。もう汗が浮かんでいる仰向けの身体が何度も引き攣る。

同時に創也のモノを奥まで飲み込んでいる媚肉が強く収縮した。

「くうう、母さん、そんなに締めたら、うう」

まるで精子を搾《しぼ》り取るような母の膣道の動きに、肉棒が何度も脈打つ。

射精の発作と同時に絞られる感覚がたまらず、創也はブルブルと腰を震わせ続ける。

「あああ、だって、あああん、創也くんの精子、ああ、濃くて、ああ、身体が悦んでるのよう！」

優花は絶叫を繰り返しながら、布団のうえで激しく頭を横に振っている。

こちらも息子と同様に強烈な快感に身を沈めているようだ。

「うう、出る。まだ、くううう」

創也は何度も怒張を脈打たせ、母の中に自分が溶け込んでいくような感覚すら覚えながら射精を繰り返した。

（なんだいまの感覚……）

射精が止まっても、まだ肉棒が母の中で脈打っている。心臓もいまだバクバクと激しく鼓動していて息が弾んでいる。

身も心も蕩けるような快感に創也は呆然となったまま、母を見下ろしていた。

「あ……ああ……創也くん、ああ、私、とんでもない恥ずかしい姿を」

母もまた呼吸が激しくなったままで、赤いボンデージ衣装の身体を布団のうえに投げ出している。

汗が浮かんだ白い腹部がヒクヒクと波打っているのが、母もまた極上の絶頂にのぼりつめたのを表しているように思えた。

(母さんとのセックス……すごかった……)

ずっと親子として育ってきた二人が行為をするという背徳感も、快感をかきたてていたのかもしれない。

どちらにしても、母、優花とのセックスは最高だった。

「創也くん、あっ、なにか言ってよう、あっ、だめ、ああん」

母の恥じらいの言葉に反応せずにじっと黙っている息子を見て、切ない声で訴えてきた。

その際にむずかって腰を動かした母が、急に甲高い声をあげた。

(まだ勃ったままだ……、嘘だろ)

母がよがった理由は身体をくねらせたときに、膣内の怒張が媚肉に食い込んだからだった。

信じられないことに創也の肉棒は射精を終えても、まったく萎《しぼ》んでいない。

こんな経験も初めてだ。あまりの快感の強さに、身体も昂ぶったままなのだ。

「母さん、こっちへ」

肉欲にどこまでも溺れたい。そんな思いが創也に湧きあがる。

赤いベルトが食い込んだグラマラスな白い身体を、自分のほうに力強く抱き寄せた。

「あっ、創也くん、なにを、あっ、だめぇえ」

母を抱えたまま創也は布団に尻もちをつく。むっちりとしたヒップが創也の膝のうえに乗り、対面座位の体位となる。

「ひっ、ひあっ、創也くん、いまはだめ、あああぁ、だめぇええ」

赤いボンデージ姿の優花の身体をさらに引き寄せる。巨乳がブルンと弾み、怒張が正常位のときよりも深く食い込んだ。

布団だけの和室に甘い絶叫を響かせ、母は背中を弓なりにした。

「どうしてだめなの」

そんな質問をしながらも、やめるつもりなどない創也は、密着度があがった母の股間に向かって肉棒を突きあげ始める。

リズムよく腰を使い、膣奥を巧みに責めていった。

「ああっ、まだ、あああん、身体が熱いままだから、ああ、おかしくなるからあ」

絶頂の余韻が残る媚肉をピストンされ、母はもう狂ったように頭を振って喘ぎだす。

ただ全身はさらにピンクに上気し汗も流れて、女の淫気が立ちのぼってきた。

「僕は母さんにもっとおかしくなって欲しいんだ」

懸命に訴える母を創也は容赦《ようしゃ》なく突きあげる。創也の膝のうえで大きく開かれた両脚の真ん中で愛液をまき散らす薄桃色の膣口に、怒張が激しく出入りを繰り返した。

「ああ、そんな、ああ、創也くんに嫌われちゃう、ああ、いやらしい女だって」

三角のベルトから飛び出したIカップを波打たせる母は、なよなよと首を振った。

その大きな瞳は妖しく蕩けているが、同時に涙も浮かんでいた。

「嫌いになんかならないよ。僕はいやらしい母さんが好きなんだ。だからもっと乱れてよ」

そう言った創也は母の巨乳を摑み、尖りきっている乳首に吸いついた。

舌も絡めてその乳頭を転がしながら、もう一方の手で草むらの奥にあるクリトリスもこね回す。

「ひっ、ひあっ、あああ、だめ、そんな、あああああ、はあああん」

三つ同時の快感に母の顔が一気に崩れていく。もう息子に跨がった下半身をガクガクと痙攣させた。

「母さんはもう僕のものだ、いいよね。一生僕が母さんを気持ちよくするから、全部を見せて」

男として母の優花を自分のものにする。そのためには女のすべてを剥き出しにさせる必要があると創也は思っていた。

母のすべてを手に入れるのだという思いを込めて、熟れた桃尻に向かって肉棒を下から突きまくった。

「あああん、あああ、もう、あああ、して、あああああっ、優花を創也くんの女にしてぇ」

甘えた声を出した母は、創也の肩を懸命に握り、蕩けた瞳を向けてきた。

すべてを息子に捧げる覚悟を決めた美熟女は、ベルトが食い込んだ身体を自ら前に出してきた。

「そうだ、優花はもう僕の女だ。僕に獣になった優花を見せるんだ」

もう創也は息をするのも忘れて母の乳房を揉みしだき、クリトリスを指でこねる。

怒張ももちろんまた収縮を始めた膣奥に向かってピストンした。

「ああっ、なるわ、あああ、奥を突いてえ、ああ、いい、創也くんのおチ×チンでイカせてえ」

すべてを剝き出しにした優花は、息子の肩を摑んで身体を支えながら、頭をうしろに落とした。

唇を大きく割って泣きまくる姿は、完全に一匹の牝犬だ。

「イクんだ母さん、おおおおお」

媚肉の締めつけが強くなるのを感じ、創也は母が再び極みに向かっているのだと悟った。

自らの肉棒もまた快感に痺れ落ちている。最後とばかりに布団に座る身体全体を使って、膝のうえの母を突きあげた。

「ああっ、ひいん、イク、あああ、もうイク、創也くんのおチ×チンで牝になる、あああああ」

肉棒にすべてを捧げるように叫んだ母は、ベルトにくびれたＩカップを千切れんばかりに弾ませながら、天井を見るようにうえを向いた。

「イクうううううううっ！」

今日いちばんの雄叫びをあげ、息子の膝のうえで母、優花はのぼりつめた。

一度目もあんなに激しかったのに、二度目はさらにうえをいくような痴態を見せつけていた。

「くうう、母さんのオマ×コ、うう、すごい、僕もイク」

媚肉の絞りあげも一度目のときより強い。グイグイと膣奥に向かって締める濡れた女肉に導かれるように、創也も二度目の射精を始めた。

「あああ、熱いいい、あああ、もっと出して、あああ」

「出すよ、おおお、母さんの子宮も僕のものにする、くううう」

完全に牡と牝になった二人は、強く抱きしめ合いながら、強烈な快感にその身を震わせ続けた。

第七章　快楽の家族姦係

あまりに激しかった快感のせいか、その夜は泥のように眠りについた。

一度も目覚めることはなかったが、目覚ましもかけていなかったのに、朝早くに創也は起き出してしまった。

「ん……おはよう……まだこんな時間なのね」

母も同じだったようで、いつもより数時間も早くに目が覚めたことに驚いていた。

まだ朝食には時間があるので、創也は母を部屋付きの露天風呂に誘った。

「専用の露天風呂なんて、私初めて」

木の浴槽は二人が充分に入れるくらいのスペースはあり、創也は母と並んで湯に浸っていた。

隣にあるグラマラスな白い身体が、朝の光が反射する温泉の湯の中でユラユラと揺れている。

ただ恥じらいの強い母は身体の関係を持っても、タオルで前を隠している。

(でもこれはこれでエロいかも)

浴槽には掛け流しの温泉が常に流れているので、むっちりとした白い脚を伸ばして座る母の前側をどうにか隠しているタオルが水中で浮かんでいる。

たまにめくれあがり、乳房や、海草のように水中で揺れる陰毛がちらりと見えるのがかえって男の情欲をかきたてていた。

「あの……創也くん」

乳首の寸前までのぞくIカップのバストにも見とれている息子の視線には気づいていないのか、母の優花は静かに言った。

「なに?」

創也はすぐに答えたが、目は湯の中から離れない。とくに見事なくらいに肉付きのいい、腰回りがたまらないくらいに淫靡だ。

「お家に帰ってからなんだけど……華や麻優の目もあるし、あまりその……いままでと違う感じになるのは」

ボソボソと母は遠慮がちに言った。娘とも身体の関係があるのは知っているから、それに自分まで加わったことで揉めるのではないかと心配しているのだ。

「そうだね、でも僕はきっと我慢出来ないよ、母さん」

そんなことは創也も充分にわかっているし、華が知ったら殴られるかもしれない。ただ母への思いを隠して生活をするなど無理だと創也は思っていた。自宅に戻ったらちゃんと華や麻優と話をしようと、もう昨夜のうちから決めていた。

「母さんは僕とこういうことはもうしたくないの？」

創也は、湯の中で少し浮かんでいるようにも見える母の白いバストに手をかけた。柔らかい乳肉をゆっくりと揉みながら、同時に乳頭部に軽く指を引っかけた。

「あっ、そんな、あ、ここはお外、あ、だめよ、あっ」

朝日の差し込むベランダの向こうは深い山の森が広がっているが、絶対に誰もいないというわけではない。

緑の木々のほうを意識しながら、母は恥ずかしげに腰をくねらせている。

「じゃあ、あんまり感じちゃだめだよ、母さん」

昨日、あれだけ獣のような痴態を見せつけた母が、なんとか常識を保とうとする姿を見て、創也はなぜか欲望が燃えあがった。

自分の手で再びこの母を欲望の沼に堕としてやるのだと。

「下は庭になってるしね。見えないけど声は聞こえるかもね」

このベランダは三階にあり、真下は旅館の庭になっている。そこに人がいてもよほどの大声を出さない限りは聞こえないだろうが、創也はわざとそう言った。

そしてさらに、もう片方の手を母の閉じ合わされた肉感的な太腿の間に差し込んだ。

「ひっ、だめ、ほんとに、あああ、ここはいや、あ、ああっ」

湯の中でグラマラスなボディをくねらせる母の身体から力が抜けていく。

タオルからも手が離れてしまい、湯の中に流されていった。

「だからエッチな声出したら聞こえるよ」

わざとそう言って母の羞恥心を煽りながら、創也は草むらの奥にあるクリトリスを指で摘まむようにしてしごきあげた。

「ひっ、それだめ、ああっ、ひあっ、あああああん」

ガクガクと腰を湯の中で震わせ、優花は唇を大きく割って淫らな悲鳴をあげた。

歯を食いしばれたのは一瞬だけで、すぐに整った顔も崩している。

「恥ずかしいんじゃなかったの？」

こうなると創也も調子に乗ってきて、乳首を強く摘まみ肉芽を激しくしごいた。

「はううん、だめえ、あああ、あああ、声が、ああ、もっと出ちゃううう」

もう母はただひたすらによがり泣いている。一片の恥じらいはあるようだが、自分の意志ではどうにもならないのだろう。

そして両脚はさらに湯の中で開いていく。それだけでなく母はなんと自ら腰を突きあげるような動きまで見せていた。

（やっぱりマゾだな、母さんは）

恥ずかしいと泣きそうになりながらも、さらに性感を燃やしているように見える。そんな母を創也はとことんまで追いつめると心に決めた。自覚はないかもしれないが、母の肉体は責め抜かれたいと望んでいるのだ。

「もう洪水だね、ここ」

指を肉芽からさらに下に滑らせ膣口に軽く差し込む。すると中は湯の温度よりも熱く蕩けていて、粘り気の強い愛液が絡みついてきた。

「だって、ああ、そこも、ああ、だめえ、あああん、ああ」

膣口を軽く掻き回しただけで母は背中をのけぞらせた。もうこの白く肉感的なボディは熱く燃えさかっているのだ。

「母さん、こっちへ」

創也は母の腕を摑むと少し強引に立ちあがらせた。水音をたてながら浴槽の反対側にいく。

そのすぐ向こうにベランダの柵があり、母の両手を乗せさせた。

「創也くん、いったいなにを、あっ、いやっ」

耳まで真っ赤になった顔を背後に立った創也に向けた母は、不安そうに尋ねてきた。

ただここでもされるがままの美熟女の腰を創也は摑み、一気にうしろに引き寄せる。

「もちろんこのままするんだよ」

どこまでもマゾ性を全開にする母、優花は、膝下までを湯に浸して腰を九十度に曲げた立ちバックの体勢になっている。

うしろに向かって突き出させたむっちりとした桃尻を強く摑んだ創也は、すでにいきり立っている若い怒張を突きたてた。

「えっ、ここではいやっ、だめ、下に聞こえちゃう。あ、はあああん」

驚きに目を見開いてこちらを向いた母の、すでに口を開いて愛液を滴らせている膣口に、怒張を打ち込む。

白い背中が大きくのけぞり、悩ましい悲鳴が響き渡った。

「そんなに大声を出したら、ほんとに庭まで聞こえるよ」

「ひあ、だめ、ほんとにお願い、あ、あああ」

もうドロドロの状態の媚肉を引き裂いて、巨大な亀頭が一気に最奥を抉る。

母は懸命にベランダの柵を摑みながら、しきりに恥じらってうしろに訴えてきた。

「だめだよ。母さんがイクまで突き続けるから」

熟れた桃尻を強く握りながら、創也はリズミカルに腰を使ってピストンを始めた。

血管が浮かんだ怒張が大きく前後し、亀頭から張り出したエラが膣壁を擦る。

「あああっ、はああん、だめ、ほんとに、ああ、私、あああん」

立ちバックの体勢で突き出された巨尻の肉が波打ち、立ちバックの体勢の身体の下でIカップのバストが躍っている。

母はなんとか声を抑えようとしているが、すぐに唇が割れていた。

「あ、あああ、創也くん、あああ、お部屋の中で、ああ、はあああぁ」

腰が砕けそうになっている母は頭が下に落ち、柵を摑んだ手は伸びきっている。

どうにか身体を支えているだけの母はもう感極まっている様子だ。

「そうかなあ、僕には母さんが外でして、すごく興奮しているように見えるけど」

誰かに見つかるという恐怖よりも、自分がこれ以上新たな悦びに目覚めるのを母は恐れているように見える。

創也はピストンを緩くして、肉棒を膣の中ほどまで引きあげた。そしてピシャリと熟れた白尻を平手打ちした。

「ひゃうっ、ひ、あああ、創也くん、ああ」

たいした強さで叩いてはいないが、優花は明らかに艶めかしい声をあげてのけぞった。

興奮している様子の母の尻たぶを、創也はそこから二発、三発と平手打ちし、肉棒を小刻みに動かした。

「あっ、あああん、ああっ、こんなの、あああ、ああああん」

立ちバックの身体を大きくくねらせ、巨乳をブルブルと弾ませながら母は完全に脳乱している。

その瞬間を見逃さずに、創也は一度だけ最奥に怒張を打ち込んだ。

「ひいいん、あああ、あああ、だめええ、おおおおお」

もう雄叫びのような声をあげた母は、背中を弓なりにした。昨夜以上に肉欲を貪る獣と化している。

「外でセックスして興奮してるんだろ母さん。それにお尻をぶたれて気持ちいいんだよね」

そしてすぐに肉棒を引いて創也はまた平手打ちした。汗かお湯かわからない液体に濡れ光る白い柔肉から音があがった。

「ひいん、そんな、あああ、ああ、いやあん、あああ」

否定する様子なく、母はただお尻をくねらせている。立ちバックの身体もさらに上気し、上体の下でさらに大きさを増したように見えるIカップもピンクに染まっていった。

「どうなの？」

焦《じ》らすように中途半端なピストンをし、尻肉を軽く叩き続ける。

たまらないように母は身体をうしろに出して肉棒を飲み込もうとするが、動きにあわせて創也は腰を引いた。

「あああ、ひどいわ、創也くうん、ああ、ひぃん」

ベランダの柵を握りしめた母は、恨めしげにじっと息子を見つめてきた。

だが創也はなにも言わずただ見下ろすだけだ。

「あああ、ああ、ごめんなさい、ああ、私、外でエッチして興奮してるわ、あああ、恥ずかしいのに、ああ、身体が熱くてたまらないの」

怒張が入っている下半身を横に揺さぶって、母の優花は訴えてきた。

恥ずかしい性癖を告白したことでさらに興奮を増したのが、媚肉がギュッと締まってきた。

「やっと正直になったね、母さん」

清楚な母の秘めたる本性を剝き出しにする。昨日からずっと創也はそれに取り憑かれている。

現にいまも母の告白を聞いた瞬間に肉棒が脈打ち、本能的に腰を突き出していた。

「ひいいん、あああ、あああ、すごいっ、あああ、奥に、あああ！」

渾身《こんしん》の突き出しに、母はさらなる絶叫を朝の空の下に響かせた。

ほんとうに下の庭に人がいたら聞こえるだろうし、そもそも両隣は同じようにベランダに露天風呂がついた部屋だ。

これだけの喘ぎ声を出したら、そちらにも聞こえるが、創也はもう開き直る思いで腰を振りたてた。

「あああっ、はあああん、あっ、あっ、あああ、創也くん、あああ、気持ちいいのが止まらないよう、あああ」

立ちバックでベランダの柵を摑んだまま、母は何度も背中をのけぞらせている。

巨乳が千切れそうなくらいに弾み、汗が飛び散って浴槽に落ちていった。

「一生母さんを狂わせるよ。僕の女だから。父さんよりも母さんを気持ちよくさせるから、おおお」

父の名を出すつもりはなかったが、つい口走ってしまった。この美熟女のすべてを自分の手中に収めたいという思いからだった。

「あああ、もうなってるわ、あああ、創也くんに虐《いじ》められるセックスがたまらないの、あああ、生まれてからいちばん気持ちいい、はあああああん」

言ってしまってしまったという感情もあったが、優花のほうは極度の興奮状態のようでためらう様子もなく答えている。

そしてまた媚肉が何度も強い収縮を始めた。

「イクんだ母さん。知らない人に変態女だと笑われながらイけっ」

異常なくらいに興奮した創也は、呼吸をするのも忘れて、怒張を振りたてた。

腰が母の尻にぶつかり柔肉が波打ち、ぱっくりと口を開いた膣口から粘っこい音が響いた。

「あああっ、イクわ、あああああ、中に、あああ、創也くんの精子ちょうだい」

「赤ちゃんが出来てもいいんだね、母さん、おおおお」

昨日は安全日だと言っていたが、今日はどうなのか、創也にはわからない。

ただもう子供が出来たとしてもかまわない、むしろこの女に自分の子供を孕《はら》ませたいと、男の支配欲のままにピストンしていた。

「あああん、来てえ、あああ、優花をまたお母さんにしてえ、ああ、もうイク」

さらなる叫びをあげた母は、立ちバックの身体をのけぞらせ、青い空を見あげた。

湯船に膝まで浸した白い両脚が内股気味によじれ、水音があがった。

「すごいの来る、あああ、イクうううううう」

ベランダの柵をぐっと握りながら、優花は空に向かって絶頂の雄叫びをあげた。

牝と化した美熟女は、腰を折った身体全体をビクビクと痙攣させた。

「あああ、ひぃいいん、すごいいい、あああ、おかしくなってるううっ」

凄まじい快感に何度も腰や背中をうねらせながら、完全に牝となった母はエクスタシーに溺れていった。

「ううう、くう、僕もイク」

予告したとおりに創也も母の膣奥に亀頭をねじ込み、熱い精を放った。

子宮の中まで届けとばかりに、大量の精液を蕩けた媚肉の中にぶちまけた。

「くう、うう、また母さんの中っ」

射精が始まると母の媚肉が昨日と同じように、手前から奥に向かって収縮を見せる。

それはまさに搾乳のような動きで、創也は媚肉にしごかれるままに何度も精を放ち続けた。

「あああ、創也くんの、ああああん、精子、あああ、すごいわ、あああ」

若い精を貪りながら、母、優花は恍惚とした顔を見せている。ただその口元には笑みまでが浮かんでいた。

そしてさらに肉棒を飲み込もうと、腰まで突き出してくるのだ。

「ううう、母さん、うう、たくさん出すよ」

牝の肉体の求めに応じるように、創也は何度も射精した。

勢いも量も収まらず、ほんとうに妊娠してしまうと思えるくらいに放ち続けた。

「うう、母さんの子宮を僕の精子で満たすよ」

「ああ、して、あああん、あああ」

二人ともに溺れきった顔をしながら、露天の湯船で繋がった身体を震わせ続けた。

「はあ、はあ、はあああああ」

永遠に続くかと思われた射精が、ようやく終わりを告げた。

呼吸を取り戻した創也は怒張をゆっくりと引き抜いた。まだぱっくりと開いたままのピンクの膣口から精液がドロリと溢れ出し、湯の中に落ちていく。

「ああ、創也くん……」

母もなにもかもなくしたように、へなへなと湯船の膝をついて崩れ落ちた。

瞳を虚ろにしたその顔は、なんとも満足げに見えた。

「はっ」

母の顔を見てほっとした瞬間、創也はうしろに視線を感じた。そこには隣のベランダとの仕切り板がある。

「げっ、どうして」

その仕切りのところから三つの顔が出ていた。杏菜、華、そして麻優だ。

母との行為に夢中になるあまり気がつかなかった。いったい、いつから見ていたのだろうか。

「きゃ、きゃあああ」

呆然とそちらを見ている息子に、母もすぐに三人が顔を出しているのに気がついて、湯船の中で慌てて身体を丸くした。

「いまさら隠しても遅いって。空に向けて気持ちいいって叫んでたくせに」

杏菜がケラケラと笑った。どうやら行為をずっと見ていたようだ。

「いやいや、言わないでぇえ」

優花はもう涙を浮かべて浴槽にうずくまって、彼女たちに白い背中を向けている。

二人の血を分けた娘に息子とのセックスを見られたのだから当然だ。

「すごかったよ……創也もお母さんも……ちょっと妬《や》けちゃった、よっと」

ベランダの柵に乗り、仕切り板を越えて華がこちらに来た。パンツにTシャツの姿の身体が猫のように軽く飛んで浴槽の横に着地した。

「そんな、華ちゃん、ああ、私……」

自分の真横辺りに来た長女に母の優花はなんとも言えない顔をしている。

それも当然で、母は華と麻優が創也と身体の関係があると知ったうえでセックスをしたのだ。

これでは娘の男を母親が寝取ったと言われても仕方がない。

「姉さん、僕が我慢出来なくて」

創也は慌てて浴槽を出て母と華の間に立った。もし華が怒りをぶつけたいのなら、それは自分であるべきだと思ったのだ。

「そうだね、コイツが全部悪いよな」

華は母のほうに行こうとはせず、目の前の創也の股間に手を伸ばす。

母の中に射精してだらりとしている肉棒を強く摑むと、そのままうえに引っ張りあげた。

「い、いててて、痛いって」

萎《な》えた肉棒を伸ばされて創也は思わず前屈みになった。睾丸になにかをぶつけたときとはまた違う強烈な痛みだ。

「あーあ、母さんもコイツに狂わされちゃったか……、まあでも仕方ないよね」

肉棒を摑んだまま、湯船にいる母のほうを向いた華はなんと笑顔を向けた。

「華ちゃん……」

これには母、優花も驚いて目を丸くしている。てっきり罵倒されると思っていたはずだからだ。

「たまたま私も麻優も、母さんも同じ男を好きになっただけだよ。でも……」

華はそう言うと肉棒を持つ手を持ち替えて、睾丸を握ってきた。

「いてええ、それだめだって姉さん、くううう」

こんどは正真正銘、急所をつぶされる激痛に、創也は前屈みの身体をくねらせた。

もちろん本気ではないだろうが、それでもけっこう強めに握られていて、目から火が出そうだ。

「独り占めはだめだよ。これはみんなで共有するべきだよね、なあっ」

痛がる弟を尻目に白い歯を見せた華は、仕切り板のところから顔を出している杏菜と麻優を見た。

「もちろん、そのために私たちも来たんだし」

杏菜が笑顔で答えて、麻優も頷いた。もとより華たちは創也が他の二人とセックスするのも認めていたのだから、ひとりくらい増えても同じなのかもしれない。

「母さん、いいよね」

「う、うん、華ちゃんたちがそれでかまわないのなら……だからもう創也くんの、その……おチ×チンも離してあげて」

母も華の要求を受け入れ、恥ずかしげな上目遣いでそう言った。

「よっし、お前もそれでいいよね」

満足げに笑った華は、創也のタマを握っている手にさらに力を込めた。

「ひいいいい、いいです、それで、はいいいい」

もう拒否など出来るはずもなく、創也はただ頷くだけだった。


「お兄ちゃん……あんな激しいエッチ、私とはしてくれたことないのに」

麻優と華は、杏菜に誘われて夜のうちに高速を飛ばして、明け方に着いたらしい。

親戚のコネの力を使って隣室も押さえていたようで、三人で母と息子の露天風呂での行為をずっとのぞいていたというのだ。

「私にもたくさんしてもらうからね、んんんん」

その隣室に連れて行かれた創也は、裸で布団のうえに座らされ、妹の麻優によるフェラチオを受けていた。

麻優はねっとりと舌を亀頭に絡ませたり、竿にチュッチュッとキスしたりと、ついこの前までバージンだったとは思えない技巧を見せている。

「あうっ、くうう、麻優」

母の中に溶けていくような射精をしたはずなのに、創也はもう快感に喘いでいた。

肉棒ももちろんギンギンに勃起していて、自分でも信じられないくらいに強い硬化を見せている。

「んふ、杏菜さんに教えてもらってさらに練習したから、あふ、んんんん」

もうビクビクと脈動している亀頭部を、麻優はためらいなく唇で包んで、飲み込んでいく。

「くうう、うう、麻優、それ、ううう」

唾液を絡ませながら、麻優は黒髪を揺らして激しくしゃぶり続ける。

形のいい唇が大きく歪み、血管が浮かんだ竿の部分に唾液がまとわりついて、ヌラヌラと淫靡に光っていた。

「んんん、んんく、んくぅ」

創也の性感を刺激しているのはフェラチオの快感だけではない。白い肌を晒している麻優の身体にはピンク色の革が食い込んでいる。

昨夜、母が身につけていたものとは違い、ブラジャーとパンティが革製になったものだ。

そのデザインはまさに扇情的で、ピンクの革のブラはカップの部分が丸くくり抜かれ、そこから麻優のHカップのバストが豪快に飛びだしているのだ。

（お尻にも食い込んでる……）

布団に座る兄の前で土下座をするような体勢で身体を丸めて、麻優は肉棒を飲み込んでいる。

革パンティの前は三角形に出来ていて股間を隠しているが、うしろは完全なTバックだ。母親譲りの白い巨尻に桃色の革が食い込んで柔肉が強調されていた。

「んんん、んん、ああ、お兄ちゃん、すごく固いよ」

股間の愚息はあれだけ射精したというのに、あっという間に天を突いている。

麻優は竿の部分に舌を這わせながら、うっとりとした表情を見せていた。

「ああ、麻優、くううう」

真面目な妹が妖しく瞳を蕩けさせて自分の逸物を愛おしそうに舐めている。

心まで昂ぶった創也は腰を震わせて、快感に溺れていった。

「気持ちよさそうな顔しちゃって、創也くんたら」

そんな兄妹の様子を見て、杏菜が明るい声で言った。

創也と麻優は二人きりではない。畳のうえに布団を敷きつめ、そこに女たち全員と創也がいる。

杏菜のトランジスタグラマーな肉体には、麻優と同じデザインで、革の色が黒になったブラジャーとパンティが食い込んでいた。

「次は私だからな、創也」

その隣には姉の華がいる。華の細身のボディにも同じ、穴あきの革のブラジャーとTバックの革パンティ。色は濃いめのブルーがチョイスされていて、ブラの穴から飛び出したGカップがフルフルと揺れていた。

「ああ、どうして私だけ、こんな格好なのよう」

二人に挟まれた位置に母の優花が座っている。革下着は身につけていないが、杏菜が用意してきた革製の手錠で拘束されている。

右の足首と手首が短いチェーンで繋がった革手錠で束ねるように封じられ、左腕と左脚も同じようにされている。

結果、母は背中を丸めて布団にお尻を乗せ、みっしりと陰毛が生い茂った股間をM字開脚で豪快に晒していた。

「ふふふ、お外で感じまくったマゾな人には、ご褒美みたいな格好じゃないですか」

露天風呂で母が自ら、恥ずかしいのに感じていると叫んだのも、皆に聞かれていたようだ。

マゾの性癖を持つ母の股間を覗き込んだ杏菜は、楽しげに笑っている。

「ああ、そんな、違う、ああ、私は」

「ふふ、あの清楚な先輩が露天風呂で息子としちゃう変態だったなんて、大学時代のみんなが聞いたらびっくりしますでしょうね」

「ああ、言わないでぇ」

杏菜は母をネチネチといたぶっている。清楚な先輩を責めるのが楽しいのか、ずっと顔がにやついていた。

そして母は後輩にいたぶられてマゾの本性を剝き出しにしていく。

「うふふ、恥ずかしがる先輩って可愛い。気持ちよくしちゃおうかな」

そう言った杏菜は自分のバッグから新品の刷毛《はけ》を取り出した。彼女の作業場で使う物で、創也も見た記憶があった。

手にしたその刷毛の先端を杏菜は、母のIカップの巨乳の先端に触れさせた。

「きゃっ、ひいん、だめ、あああ、やめて、あああ」

ずっと尖っている色素が薄い母の乳頭部を、白い刷毛が円を描いて撫でていく。

足首と手首を束ねるように枷《かせ》で固定された身体をよじらせて、母が悲鳴のような喘ぎを響かせた。

「敏感ですね、先輩」

強い反応を見せる熟した肉体に杏菜はますます調子に乗り、母の乳首を交互に撫でていく。

毛先を軽く触れさせながら、まるで焦らすように刺激していた。

「ひあああん、いや、お願い、ああ、子供たちの前で、ああ、だめえ」

淫靡な刷毛責めに、母はもうたまらないといった風によがり泣いている。

娘や息子の前で変態的な性感を燃やす自分が悲しいのだろうか、それともその辛さも興奮にかわっているのだろうか。

「ふふ、下もしてあげるわ」

もう完全に母にたいしてマウントをとっている杏菜は、こんどは刷毛を母の黒毛が生い茂った股間に持っていく。

その目的は両脚と同様にぱっくりと開いた秘裂の上側から顔をだしている小さな突起だ。

「ああっ、ひうっ、いやっ、あああ、あああ、ああああん」

そこに毛先が触れると同時に母は大きく唇を割り、前屈みの身体を引き攣らせた。最も敏感な場所を刷毛が這い回るたびに、母はどうしようもないといった風によがり泣いていた。

「すごい、もうドロドロじゃん」

そんな母の股間を覗き込んだブルーの革下着姿の華が、切れ長の瞳を見開いてつぶやいた。

創也もそこに目をやると、膣口がさらに開き、中から透明の粘液がヨダレのように溢れ出していた。

「あっ、ああ、だめ、ああ、みんな見ないでえ、あああぁ」

激しく頭を横に振りながら母も感じまくっている。そして、その母を見つめる華のTバックのようにブルーの革が食い込んだヒップが横揺れしていた。

それにつられて露出している華の巨乳も揺れる。三人とも乳房に対してブラの穴が小さめで、柔乳がいびつに歪められていて、創也をさらに興奮させた。

「もうっ、お兄ちゃん、どこ見てるの」

じっと向こうを見つめている兄に、麻優が不満げに頬を膨らませた。

こんな表情を麻優がすることがあるのかと、創也はびっくりした。

「私も……もう欲しいの、お兄ちゃん」

可愛らしい少女の顔を見せたと思ったら、一転、大きな瞳を淫靡に輝かせて、麻優はピンクの革ブラの穴に絞られたHカップのバストを揺らして身体を起こした。

そして布団に両手をつき、豊満な尻たぶを創也のほうに向けて四つん這いになる。

「これ、スリットがついてるんだよ」

麻優は犬のポーズのまま、大胆に指で、自分の股間に食い込んでいるピンクの革を横に開いた。

Tバックパンティの形をした革の股間部分に裂け目が入っていて、それが開かれると麻優の女肉がのぞいた。

「麻優、すごく濡れてる」

ピンクの革が左右に割れ、それに負けない美しい桃色の媚肉がある。そこは母と同様に大量の愛液が溢れかえり、糸まで引いていた。

「だって、ああ、お兄ちゃんが麻優の身体をこんなにしたんだよ。責任とって」

四つん這いで突き出した豊満なヒップをユラユラとよじらせながら、麻優は切ない声で訴えてきた。

こちらに向けられた顔も完全に蕩けていて、唇も半開きで舌までのぞいていた。

「うん、じゃあ、いくよ」

創也は牝の淫気を放つ妹の肉体に吸い寄せられるように身体を起こし、むっちりとした尻肉を鷲づかみにした。

そして興奮にはち切れそうになっている逸物を、スリットの奥に向かって押し込んでいった。

「あっ、はあああん、お兄ちゃん、あああ、今日、ああ、もっと固い、ああ、はうん」

前にしたときよりも今日はさらに固くなっているのか、麻優はそんな言葉を口にしながら四つん這いの背中をのけぞらせた。

彼女の反応のほうもかなり強く、白い肌が一気にピンクに染まっていった。

「麻優の中もすごく熱いし、うう、締まってくる」

妹の愛液が溢れた媚肉は、強く創也のモノを締めつけてきた。それは拒絶しているような締めあげではなく、愛おしげに女の肉が絡みついてくるのだ。

強い快感に腰を震わせながら、創也は最奥に向かって怒張を押し込んだ。

「あああ、お兄ちゃん、あああ、いきなりはだめえ、ああ、あああああん」

背中を弓なりにした妹は、布団を強く摑みながら絶叫をあげる。

怒張が最奥に食い込んだあとさらに子宮まで歪める勢いで侵入し、麻優はすがるような瞳をうしろにいる創也に向けた。

「そんなこと言ってるくせに、オマ×コの中も口もヨダレだらけじゃないか」

こちらを向いた麻優の唇は半開きになっていて唾液が流れている。そして膣内もまた粘っこい愛液がさらに溢れてきていた。

そんな妹に淫らな言葉を浴びせてから、創也は身体を屈めて彼女の腕に手を伸ばしていく。

少し離れた位置で三人の女が息を飲んで見つめているが、もう気にもせずに妹をよがらせることに没頭していく。

「お兄ちゃん、なにを、あっ」

こちらももう姉や母が見えていない麻優は、挿入されたまま腕を摑まれて驚いている。

創也はなにも答えず、摑んだ麻優の細い両手首を自分のほうに引き寄せながら身体を起こした。

「ひっ、ひあああああ、あああ」

両腕をうしろに羽のように開き、麻優の上半身が持ちあがった。

膝だけを布団についたピンクの革下着が食い込んだ身体が大きく反り返り、革ブラの穴から飛び出した巨乳がブルンと弾んだ。

「おっ、麻優の奥、すごいよ」

上半身を持ちあげたこの体勢になると、豊満な尻たぶに創也の股間が押しつけられる形となり、より亀頭が膣の深い場所を抉る。

子宮口を押しあげながら狭い膣肉に絞られる感覚はたまらず、創也は欲望のままに腰を振りたてた。

「ひいいいん、お兄ちゃん、あああん、深い、お腹の中まで来てる、あああ」

より深い場所で肉棒を感じているのは麻優も同じだ。ピンクの革下着が食い込んだ肌を波打たせながら絶叫を響かせる。

革ブラの穴から絞り出された白い柔乳が、薄桃色の乳頭と共に激しく弾んでいた。

「そうだ、麻優の子宮も突きまくるぞ、おおおお」

妹の肉体のすべてを奪っているような感覚に、創也は本能に煽られるまま、さらに彼女の腕を引き寄せ、押しつけられたヒップに股間をぶつける。

その動きが激しすぎて、尻肉が大きく波を打ち巨乳が千切れんばかりに揺れた。

「あああ、してえ、あああん、麻優にすごいエッチを教えてえ、あああああ」

清純な処女の顔をすべて捨てた麻優は、ただ怒張に身を委ねひたすら快感に身を任せている。

その声はまさに雄叫びで、どこまでも貪欲な牝の獣だ。

「す、すご……」

そんな美少女の姿を女たちは呆然と見つめている。とくに姉の華はぽかんと口を開けたまま引き締まったヒップをくねらせていた。

「麻優、こっちへ」

瞳を妖しく潤ませる三人にもっと見せつけてやろうと、創也は麻優の腕にかわって乳房へと手を這わせ、自分のほうに抱きあげた。

そのままうしろに尻もちをつき、麻優の身体を膝のうえに乗せた。

「あああ、こんな、あああああん、あああ、だめええ」

勢いのままに創也は下から麻優を突きあげる。肉感的な身体を抱きしめながら、怒張を強く膣奥にピストンする。

背面座位で貫かれる妹は、むっちりとした両脚をだらしなく開き、いびつに変形した巨乳を弾ませてよがり狂っている。

「あああ、あああ、おかしくなっちゃう」

薄めの陰毛の下でぱっくりと口を開いている膣口に、野太い怒張が激しく出入りを繰り返す。

大きな瞳を虚ろにした美少女は、髪を振り乱してよがり狂った。

「おかしくなれ麻優。もっといやらしくなるんだ」

兄を好きだという気持ちをずっと隠していた妹。その思いをすべて解放させ、ただの男と女として貪りあう。

背後から揺れる巨乳を握りしめた創也は、身体全体を使って怒張を突きたてた。

「あああっ、あぁん、もうイッちゃう、あああ、麻優、もうイクよう」

兄に抱えられた身体を何度ものけぞらせ、麻優は限界を叫んだ。

大きく割り開かれている肉感的な太腿がヒクヒクと引き攣り、膝が左右に向けて伸びていく。

「イけ麻優、おおおお」

Hカップの柔乳を強く揉みしだきながら、創也は最後のピストンを繰り返す。

怒張がこれでもかと濡れた膣奥を掻き回し、麻優の白い下腹が何度も波を打った。

「イクうううううう、はああああん」

自分の腰に回された創也の腕を強く握り、美少女は和室に絶叫を響かせた。

開かれた両脚がピンと伸びきり、ビクビクと激しい痙攣を起こした。

「麻優、んんんん」

創也はそんな妹の媚肉の脈動を味わいながら、彼女の頭を引き寄せ唇を重ねていく。

麻優もためらいなく唇を開き、兄の舌を受け入れた。

「んんん、んく、んんんん」

身体を何度も震わせる妹は、兄の舌を強く貪ってきた。

唾液を交換しねっとりと舌を絡ませあいながら、麻優は恍惚状態で瞳を潤ませている。

「んんん……ん……お兄ちゃん……ああ」

そして唇が離れると麻優は力を失い、兄のほうにもたれかかってきた。

うっとりとした妹を受けとめ、創也はゆっくりと布団のうえに横たえた。

「ああ……創也」

ピンクの革下着姿のグラマラスな身体を横たえ、荒い呼吸を繰り返している妹を見つめていると、華がフラフラと立ちあがった。

その瞳は完全に蕩けていて、焦点が定まっていないように見えた。

「射精……してないよな」

そう創也は麻優をイカせたが精は放っていない。それに気がついた姉は創也の前に膝立ちになった。

「私の中に出して、創也の精子。今日は杏菜さんが薬も用意してくれてるから」

いつもの華からは信じられない、小さな音量で、すがるような口調で訴えながら、創也に唇を重ねてきた。

「んんん、んく、んんんんん」

青の革パンティとブラジャー姿の姉は両手で弟の顔を抱え、自分のほうに向けて甘く舌を絡ませてきた。

薬というのは、あとから飲んでも効く避妊薬のことだろう。

「んんん……んん……うん、姉さんのここに出すよ」

全員を順番に抱く覚悟はもう決めている。創也は妹と色違いの青革のパンティの股間に指を入れた。

そこには同じくスリットがあり、すでに外まで愛液で溢れかえっていた。

「ああ、あああん、創也、ひぃぃん」

媚肉のほうも熱く蕩けている。そこに創也の指が触れた瞬間に、華は膝立ちの身体をのけぞらせて悲鳴のような甲高い嬌声をあげた。

ブラジャーの穴からくびれ出たGカップの剝き出しの巨乳が、大きく弾んだ。

「ああ、創也。もう私、我慢が出来ないよ」

華はいまにも泣きそうな声をあげながら、創也にしがみついてきた。

母や妹と同じようにしっとりとした白肌が創也の身体に触れる。かなり熱くなっていて、汗が少し浮かんでいるように感じられた。

「うん、来て姉さん」

射精をしていない肉棒は、布団に胡座をかいた創也の股間でギンギンに勃起したままだ。

細くしなやかな姉の腰を抱き寄せ、対面座位で挿入を始めていく。

「あっ、あああん、これ、ああ、ほんとに、すご、あああ」

亀頭が濡れそぼる膣口に侵入を開始すると、華は青の革下着姿の身体を引き攣らせて甘い悲鳴をあげた。

「あああ、ずっと待ってたの、ああ、創也を、はあああん」

前にしてからわずか数日といったところなのに、華はさみしがりの子供のようなセリフを口にしながら、創也に跨がった長い脚をくねらせている。

母も含めて三人はどんどん見たことがない顔を露わにする。そしてそれは創也の興奮を煽りたてるのだ。

「そうだね。だからしっかりと奥を突くよ」

創也は向かい合う華の尻たぶを両手で鷲づかみにし、強く自分のほうに引き寄せた。

膣の途中まで入っていた怒張が、濡れた媚肉を引き裂いてずぶりと最奥を捉える。

「ひっ、ひあああ、これ、あああ、はあああん」

もう華は言葉も出ない様子で、整った唇を大きく割り開いて青の革下着によって淫靡に彩られた身体をビクビクと震わせている。

身も世もなくとは、このことを言うのだろうか、一瞬で意識が怪しくなっている。

「まだ入るよ、姉さん」

そこからさらに奥を目指し、創也は華の下半身を両手で固定したまま自分の腰をうえに突きあげた。

硬化した亀頭が子宮口ごと、奥の奥に向かって打ち込まれる。

「ひいいん、深いいい、あああ、ひあああん」

妹にも負けない雄叫びをあげて、華は長い手脚をガクガクと力なく揺らしている。

その姿は糸が切れた操り人形のようで、もう力も入らない様子だ。

「そうだよ、姉さんの子宮まで突きまくるよ」

対面座位で二人の身体がしっかりと密着した。もちろん入れただけでは終わらず、創也はリズムよく怒張をピストンさせる。

「あああん、あああ、来てええ、あああ、あああ、いい、あああ」

シーツにシワをつけながら創也の腰が動き、膝のうえの華のモデルのような細い身体が弾んで、いびつに形を変えた巨乳も踊りだす。

ヌチュヌチュと粘っこい愛液を掻き回す音まであげながら、野太い怒張がブルーの華パンティのスリットからのぞくピンクの膣口を出入りしていた。

「姉さんのオマ×コ、すごく僕のに食いついてくるよ」

その媚肉はまさに溶け落ちていて、大量の愛液にまみれながら創也のモノに絡みついてくる。

まるで別の意思でも持ったかのように、肉棒を貪るのだ。

「あああん、だって、あああ、あああん、創也のおチ×チンのせいだもん、ああ」

いつもの強気さをかなぐり捨てて、華はそんなことを口にした。

「チ×チンのせいじゃないだろう、華のオマ×コがいやらしいからだ」

甘えた声をあげ牝の本性を見せ始めた強気な姉。創也はわざと呼び捨てにしながら怒張を強く打ち込んだ。

「あああ、ひいん、あああ、そうよ、あああん、華のオマ×コとってもいやらしいの、あああん、お仕置きしてえ、あああ」

青革製のブラジャーとパンティの身体を弟の膝のうえでくねらせる姉は、瞳を蕩けさせ唇を半開きにして甘い声で訴える。

すべてを剝き出しにしておねだりをする牝のTバックが食い込む桃尻を摑み、さらにピストンのピッチをあげた。

「ひあああああ、いい、あああああ、すごい、あああ、華、ああ、壊れちゃう」

ほんとうにお仕置きと言ってもいいくらいに力一杯に突きあげる。壊れると口にした華だがすべてを快感に昇華している。

細身の腰をガクガクと震わせながらピストンを受けとめ、開かれた長い脚をくねらせながらブラの穴から飛び出したGカップの巨乳を踊らせた。

「あああ、はあああん、イク、華、イッちゃう、あああん、創也、ああん」

弟の名を叫びながら華は背中を大きく弓なりにした。

長身のしなやかな身体がうしろに倒れ、汗の雫《しずく》が飛び散った。

「イけ、華、おおおお」

創也も華の肉体にすべてをぶつけるように、怒張を下から打ちあげる。

革ブラの穴に絞り出されていびつに歪んだ巨乳の先端に反射的に吸いついた。

「あああああ、イクううううううう」

最後は創也の腰を長い両脚で締めながら、華は絶頂を極める。

媚肉が大きく脈動し、膣奥からさらに溢れ出した愛液が創也の亀頭に浴びせられた。

「僕も、くうう、イク」

ドロドロに蕩けた媚肉に溺れるように、創也も怒張を暴発させる。竿の根元が強く脈動し精液が勢いよく飛び出した。

「あああ、創也の、あああん、来てる、あああ、すごいい、あああ」

ドクドクと大量の粘液が華の奥を満たしていく。創也のうえで形のいい尻たぶをよじらせながら華は歓喜に震えている。

青い革下着姿の肉体を激しく引き攣らせ、射精を受けとめるたびに全身の肌を波打たせていた。

「あああ、あああん、創也の精子、あああん、染みこんできてるう、ああ」

男の創也にはわからない感覚だが、華は子宮でも創也の精を感じているのだろうか。飛び出した巨乳をブルブルと揺らす姉は、瞳を虚ろに泳がせ開ききった唇から舌まで見せながら身をよじらせている。

「うう、華、まだ出るよ」

そんな姉の膣奥に向かい、弟は何度も精を放ち続けるのだった。

「あっ、あああん、あああ、もうイクわ、創也くん、あ、あああ」

三人目は杏菜だ。黒革のブラジャーとパンティを小柄な身体に食い込ませた彼女を四つん這いにさせ、うしろから肉棒を突きたてていた。

傍《かたわ》らには色違いの革下着姿の華と麻優が、恍惚とした表情で横たわっている。白い肌をピンクに染めた彼女たちの乳首はいまだ尖りきったままだ。

「イッてください、杏菜さん」

パンティの革に開いたスリット。そこに創也は肉棒を押し込んで膣奥をリズムよく突いている。

女たちから放たれる淫気にあてられているのか、射精したばかりの肉棒も、杏菜のフェラチオを受けたらすぐに復活した。

「ああ……ああ……」

そして姉妹から創也たちを挟んで反対側には、相変わらず手脚をM字開脚のまま拘束されて座らされている母、優花がいる。

Ｉカップを揺らしながら、手首と足首を束ねられた身体をしきりにくねらせている。

(母さん……)

そして丸出しの黒い草むらの下では、ピンクの膣口から愛液がとめどなく溢れ出している。

「あああ、はあああ、ああ……ああ」

二重の大きな瞳も完全に蕩け、ふっくらとした頬は真っ赤に上気している。

もう発情している自分を隠す気持ちもてないような状態なのか、息子にバックで犯される女後輩を虚ろに見つめているのだ。

「あああっ、あああ、あああん、創也くん、あああ、中に来てくれないの？　はうん」

呼吸を何度も詰まらせながら、四つん這いの杏菜がこちらに顔だけを向けた。

「悪いことばかりする罰だよ。そのままイッて」

冷静にそう言った創也は杏菜の尻たぶを摑むと、一気にピストンのペースをあげた。

「はあああん、言うようになったわね、あああ、ああ、でももう、あああ」

黒革のブラジャーが食い込んだ背中をのけぞらせて、杏菜は一気に絶頂に向かう。

媚肉がギュッと狭くなり精を絞りとろうとしているのはわかるが、なんとか耐える。

二回射精したあとでなければ耐えられなかったのではないかと思うくらい、熟した媚肉が甘く締めつけてきた。

「あああああ、先輩の中で出すつもりなのね、ああ、あああ、イク、イクっ」

くやしげにそう口にしながら、杏菜は革下着の小柄な身体を震わせた。

四つん這いで布団についている手と脚がガクガクと震え、革ブラの穴からいびつに飛び出した巨乳が大きく前後に揺れて波打った。

「ああ、もう、ああ……」

何度か大きな痙攣を見せたあと、杏菜はそのまま崩れ落ちた。

小さな身体に不似合いな巨大な乳房やヒップが、ピンクに上気しているのがなんとも艶めかしかい。

「はあはあ」

そんな年上女を追いあげた満足感に浸る暇もなく、創也はもうひとりの美熟女のほうに向かう。

「あああ、創也くん、あああ、見ちゃいや、あああ」

M字に両脚を開いて、背中を丸めて自分で足首を握ったような体勢に拘束されている母の優花。

赤く上気したIカップをフルフルと揺らす母は、息子から顔を背けた。

「ずっと腰が揺れてるよ、母さん」

桃尻を布団に乗せた母は、興奮を抑えきれないのか腰をくねらせている。

豪快に開かれた肉感的な太腿の真ん中では、漆黒の陰毛の下で膣口がぱっくりと開いて肉厚の媚肉を晒し、ヨダレのように愛液を垂れ流していた。

「すごいね、垂れ流しじゃん」

その量は半端ではなく、アナルまで濡らして下のシーツにまで滴っていた。

創也は両手で母の膝を押してさらに脚を開かせながら、牝の本能を剝き出しにした秘裂を覗き込んだ。

「いや、あああ、見ないで、あああ」

凄まじい発情ぶりだというのは自分でもわかっている母は、もう泣きそうな顔で叫んでいる。

ただまたマゾの性感も昂ぶっているのか、ずっと身体全体をよじらせていた。

「見ないで？　ほんとうかな、早く入れて欲しいの間違いじゃない？」

身体の暴走に怯えている風の母を見下ろして、創也は背中がゾクゾクと震えた。

興奮のままに母の両膝をさらに強く押して、布団に押し倒していった。

「あっ、いやあああ」

足首と手首を束ねられている母は、M字開脚のまま ごろりとうしろに転がった。

さらに両脚は開き、濡れ落ちている股間はほぼ真上を向く。悲鳴をあげた母は、強く恥じらって身体を横倒しにしようとする。

「おっと隠しちゃだめでしょ、母さんの恥ずかしく濡れたオマ×コ」

もちろん創也はそんなことはさせない、母の膝を両腕で押して身体を仰向けのままにさせ、剝き出しの秘裂に肉棒を擦りつけた。

「あああっ、創也くん、あああ、なにを、あ、あああ」

もう膣口はパクパクと開閉を繰り返して求めているが、創也はあえて挿入はせずに竿の部分を肉唇やクリトリスの辺りに擦りつけた。

「ひあ、だめ、あああ、焦らすなんて、あああ、意地悪、あああ」

母はすぐに崩壊を開始する。さきほどまでの恥じらう姿が嘘のように、昨夜と同じ蕩けた妖しい目つきになった。

竿を擦りつけているだけで身体もビクビクと反応していて、仰向けの身体のうえで大きく盛りあがった巨乳も波打っていた。

「欲しかったら自分でおねだりしてよ優花。すごくいやらしい言葉で」

そんな母のマゾ性まで煽りたてながら、創也は大きく腰を動かして肉棒を擦り続ける。大量の愛液がまとわりついて、肉竿は光り輝いていた。

「あああ、創也くん、あああああ、私、あああ、また獣になるわ、ああ、いいのね」

唇を虚ろに開いた母は、自分を見下ろしている息子にそう訴えた。耐えるのももう限界だと、その蕩けきった瞳が訴えていた。

「うん、いいよ、さあ言って、みんなにも聞こえるように」

創也の背後で、色違いの革下着の三人の牝が身体を起こしてこちらを見つめている。

全員が母のあまりの乱れっぷりに呆然とした表情をしていた。

「あああ、ごめんなさい、あああ、優花、あああ、おチ×チンに負けた牝なの」

母は娘たちにそう言ったあと、あらためて布団に横たえている頭を創也に向けた。

「ああ、創也くんのおチ×チンしか届かない奥を、ああ、たくさん突いて欲しいの。子宮にザーメンをビュービューって出されたいの、ああ、早くぅ」

乱れきった言葉をうっとりとした顔で口にするマゾになった美熟女。華や麻優、そして杏菜までも、あまりの姿に目を見開いている。

「出すよ、母さんのオマ×コも子宮も僕のものにする」

もう完全に堕ちた母の膣口に向かって、創也は一気に怒張を押し込む。

ドロドロの媚肉を引き裂きながら、母の求める場所に亀頭を突きたてた。

「ひあああああ、これ、あああん、来てる、あああ、優花の奥の奥までぇぇ」

布団のうえでM字開脚の身体を引き攣らせて、母は雄叫びのような声をあげた。

背中が弓なりになり、巨乳が大きくバウンドする中、創也は強く腰を振り始めた。

「あああっ、ひいいん、いい、すごいいい、あああ、創也くんのおチ×チンで、あああ、優花、牝になるのう」

一瞬の間に、もう母は感極まったようなよがり泣きを見せる。

手首と足首を繋いでいる鎖が軋《きし》むくらいに全身をよじらせ、歓喜のままに怒張のピストンを受けとめている。

「奥だね母さん、オマ×コの奥で狂いたいんだね」

「ひいん、そうよ、あああ、創也くんの大きいので、あああ、オマ×コも子宮もめちゃくちゃにされたいのう」

開いた唇の横からヨダレまで流しながら、母はひたすらに狂いまくる。

そんな乱れきった牝に煽られながら創也は腰を使い、揺れる巨乳を鷲づかみにした。

「スイッチ入ったら、あんな風になるんだ、お母さん」

そんな母親を見つめる麻優が、ぼそりと言った。ただもう母にはそんな言葉は聞こえていない。

「ああああっ、あああ、おかしくなる、あああ、優花は、淫乱な牝犬に墜ちてますぅ」

まさに狂乱という言葉がぴったりだと思うくらいに母はひたすらに溺れ続ける。

M字の両脚は太腿から指の先に至るまで真っ赤で、結合部からはお漏らしでもしたかのように愛液が溢れ出してシーツを濡らしていた。

「あああ、あああ、もうイク、あああ、イッちゃう」

そして限界を叫びながら母は、何度も背中をのけぞらせた。

「くうう、母さんの肉が締めてきた、うう、僕も」

母の媚肉が絶頂の際に見せる、絞りとるような脈動が始まった。創也もそれに身を任せ、ぬめった女の粘膜に溺れながら腰を振りたてた。

「あああ、来てええ、ザーメン、たくさんちょうだい、ああ、優花のオマ×コも子宮も真っ白にしてええ、あああ、もうイクううう」

卑猥な言葉を躊躇なく叫びながら、母はさらにあごの裏が見えるくらいに頭を支点にして上半身を弓なりにした。

「あああっ、イクうううううう」

凄まじい絶叫と共に巨乳が弾け、M字に開かれた両脚が激しく波打った。

媚肉の締めつけも一気に強くなると同時に、奥に向かって肉棒を絞ってきた。

「くうう、僕もイク」

創也も限界をむかえて肉棒を脈動させる。今日、三度目だというのに射精の勢いも量も衰えない。

膣道の絞る動きにあわせて、熱い精を何度も放った。

「あああ、創也くんの精子、あああ、来てる、あああ、子宮まで創也くんの精子に染められてるう、ああ」

断続的に精が放たれて膣奥に注がれるたびに、母はだらしなく両脚を開いた身体を引き攣らせて歓喜に溺れている。

「はあはあ、母さん」

創也がゆっくりと肉棒を引き抜くと、ぱっくりと開口している母の穴から白い粘液がドロリと溢れ出してきた。

「あああ、ああ、すごい、あああ、優花の中、まだビクビクしてる」

赤く染まったグラマラスな身体を布団に横たえた母は、恍惚とした表情で下腹を波打たせて歓喜に浸り続けていた。

「ただいまー」

今日は実習に時間がかかり、大学からの帰宅は夜になった。

「おっ、お帰り」

洗面所兼浴室のほうからシャンプーの香りをさせて長女の華が出てきた。

今日も黒のTシャツにショートパンツ姿でタオルを首からかけ、長い脚でリビングに向かって歩いていった。

「おかえりなさい、お兄ちゃん」

華がリビングに入るために開けたドアのところから、妹の麻優が顔を出した。

以前はまったくこんな笑顔を見せることはなかったが、最近はずっと明るい感じだ。

「ただいま、麻優」

創也も靴を脱いでリビングに入る。華はソファーに座ってテレビを見始め、麻優は食卓のテーブルで本を読んでいる。

家族が集まるぬくもりを感じる空間。それが創也は嬉しかった。

「お帰り」

キッチンのほうからエプロン姿の母も姿を見せた。今日も地味なスカートに薄化粧な感じだが、目を引くくらいに美しい。

「ただいま、母さん」

この時間が創也は好きだ。もう離れざるを得ないと思っていた分、その思いが強くなっている。

実の父と母には、ここでずっと暮らすと伝えた。もちろん二人とも反対することはなく、いつでも遊びに来て欲しいと言われただけだった。

「ごはんにする？　あっ、八時」

創也の夕飯の話をしようとした母が、壁の時計を見て言った。

「そうよ、今日は水曜日だからね」

その声に反応した麻優が、部屋着のカットソーを立ちあがりながら脱いだ。

白のブラジャーに包まれたHカップの巨乳がこぼれ落ちる。美しいレースがあしらわれたブラのカップは中心が透けていて少し広めの乳輪が見えていた。

「そうね、水曜だもんね」

続けて母、優花もエプロンをとってテーブルに置くと、次々に服を脱いでいく。

麻優と同じ白の透けたブラジャーとパンティ。鑑賞《かんしょう》するタイプなのか、乳首と股間の部分はシースルー素材だ。

「あの、僕、帰ってきたところなんだけど」

温泉旅館から戻ったあと、四人で話し合いを持ち、毎日セックスに溺れるようなただれた生活はやめようとなった。

かわりに水曜と土日の二十時からは、欲望を隠すことなくぶつけ合おうと約束したのだった。

「ごはんなんか、あとでもいいじゃん。ふふ、もうこっちは欲しくてたまらないんだ」

母や妹とまったく同じデザインの白の下着で、モデル体型のしなやかな身体を包んだ華が創也の前に膝をついた。

さっきの風呂あがりのときは普通だったのに、スイッチでも切り替わったように瞳を妖しく輝かせて創也のズボンをずらしていく。

「わ、お風呂も入ってないよ」

「創也のチ×チンからはいい匂いしかしないよ、んんんん」

そう言った姉は、大胆に唇を開いて亀頭を舐め始めた。温かい舌と唾液の感触に、創也は思わず腰を震わせた。

「そうよ、お兄ちゃん。麻優だってずっと我慢してたんだから」

立ったまま華の舌技に喘ぐ兄の背中に巨乳を押しつけながら、麻優は首筋にキスの雨を降らせてきた。

この妹も表情を淫靡に一変させている。そして淫らな変化を見せているのは、もうひとりいる。

「ああ、創也くん、今日も牝の私を狂わせて」

性のスイッチが入った母は、うっとりとした顔で息子に向かって切ない声で訴え、透けパンティの腰を左右に揺らした。

「うん、おかしくなるまで突きまくるよ、三人とも」

それぞれの妖しい淫気にのまれながら、創也も淫らに笑うのだった。


（了）

※本作品はフィクションです。作品内に登場する
団体、人物、地域等は実在のものとは関係ありません。

美《び》母《ぼ》と美《び》姉《し》妹《まい》・誘《ゆう》惑《わく》の家《いえ》
〈書き下ろし長編官能小説〉
2022年8月23日初版第一刷発行

著者……………………………………………… 美野 晶

デザイン……………………………………………小林厚二

発行人………………………………………………後藤明信
発行所……………………………………株式会社竹書房
〒102-0075 東京都千代田区三番町8-1
三番町東急ビル6F
email：info@takeshobo.co.jp
竹書房ホームページ http://www.takeshobo.co.jp
印刷所………………………………中央精版印刷株式会社

■定価はカバーに表示してあります。
■落丁・乱丁があった場合は、furyo@takeshobo.co.jp までメールにてお問い合わせください。